I DEMOKRATIETS ÅND

Litt om Politikk og Holdninger

Sett fra mitt ståsted

George Manus

Forfatter: George Manus
Copyright: George Manus
Design and Layout: Ole Praud

Forlag: BoD · Books on Demand,
Strandvejen 100, 2900 Hellerup, bod@bod.dk
Trykk: Libri Plureos GmbH,
Friedensallee 273, 22763 Hamborg, Tyskland

George's online bookstore -
www.georgemanus-books.com

The Art of George Manus online store -
www.georgemanus.com

George'e Innovation & hub website -
www.maxmanusinnovation.com

George Manus e-mail - info@georgemanus.com

ISBN: 978-87-7145-736-0

Andre bøker skrevet av George Manus

THOUGHTS   English
TANKER   Norwegian

REFLECTIONS I   Englisk
REFLEKSJONER I   Norwegian

REFLECTIONS II   English
REFLEKSJONER II   Norwegian

REFLECTIONS III   English
REFLEKSJONER III Norwegian

A WOMAN'S MANY MIGRATIONS   English
EN KVINNES MANGE FLYTTINGER   Norwegian

STORIES & THOUGHTS I   English
HISTORIER OG TANKER I   Norwegian

STORIES & THOUGHTS II   English
HISTORIER OG TANKER II   Norwegian

INNOVATIONS AND CREATIONS English

MAX MANUS FIRMAENE -70 år i kommunikasjon Norwegian

WORDS FOR THE ROAD - ORD MED PÅ VEIEN I   English - Norwegian
WORDS FOR THE ROAD - ORD MED PÅ VEIEN II   English - Norwegian
WORDS FOR THE ROAD - ORD MED PÅ VEIEN III   English - Norwegian
WORDS FOR THE ROAD - ORD MED PÅ VEIEN IV   English - Norwegian
WORDS FOR THE ROAD - ORD MED PÅ VEIEN V   English - Norwegian
WORDS FOR THE ROAD - ORD MED PÅ VEIEN VI   English - Norwegian
WORDS FOR THE ROAD - ORD MED PÅ VEIEN VII   English - Norwegian
WORDS FOR THE ROAD - ORD MED PÅ VEIEN VIII   English - Norwegian
WORDS FOR THE ROAD - ORD MED PÅ VEIEN IX   English - Norwegian
WORDS FOR THE ROAD - ORD MED PÅ VEIEN X   English - Norwegian

FOOD FOR THOUGHTS - 1001 Short reflections   English
TANKEVEKKERE - 1001 korte refleksjoner   Norwegian

217 REFLECTONS - Reflections on big and small   English
217 REFLEKSJONER - Refleksjoner over stort og smått Norwegian

"THE MISCHIEVOUS BOY"and the War Heroe   English
"RAMPEGUTTEN" og Krigshelten   Norwegian

MY LIFE VALUES I   English
MY LIFE VALUES II   English

MINE LIVSVERDIER I   Norwegian
MINE LIVSVERDIER II   Norwegian

INTRODUKSJON

Jeg har gitt denne boken samme tittel som jeg hadde på en Refleksjon jeg skrev i 2016 og kalte: **I Demokratiet ånd.**

Den er hentet fra min bok: 217 Refleksjoner, utgitt i 2022, er kun på vel fem sider, og representerer noen av mine politiske synspunkter på den tiden den ble satt på papiret.

Når jeg leser den i dag, nesten ti år senere, står jeg stort sett for det jeg skrev den gang.

Etter **I Demokratiets ånd** følger en liten rapport: EN DAG SOM HUSKES, som jeg skrev i juni 2024, og som etter min mening taler for seg selv.

Deretter har jeg fra min bok "TANKEVEKKERE - 1001 korte refleksjoner", som ble utgitt i 2020, valgt ut 84 som alle på en eller annen måte er relatert til politikk, og er navngitt i innholdsfortegnelsen i alfabetisk rekkefølge.

Alle Tankevekkerne er korte og vanligvis bare på noen få linjer.

Ettersom jeg nå har passert åttifem og har hatt fast bosted i Spania de siste femten til tjue årene, vil naturlig nok noen av de politiske Tankevekkerne bære preg av det, men i hovedsak, og fra mitt synspunkt, mener jeg at de gjenspeiler mine personlige meninger.

Så langt tilbake som jeg kan huske har jeg vært opptatt av menneskers holdninger og ikke minst har jeg i de senere år blitt meg dette mye mer bevisst, ikke minst i lys av at jeg som nevnt har bodd i Spania i mange år og i de siste 10 utgitt 24 bøker.

Det burde etter min mening være et krav til politikere valgt i demokratiske samfunn, at de er utstyrt med solide og rettferdige livs-verdier og holdninger på alle plan, ettersom de er valgt til styre samfunnet for oss skattebetalere.

Fra mitt utvalg av Refleksjoner, har jeg tatt med 34, som alle i en større eller mindre grad er relatert til livs-verdier og holdninger. Den første ble skrevet i 1990 og den siste i 2023. De ble satt på papiret for å teste mine meninger om disse, for meg, betydningsfulle begrepene.

Etter hver Refleksjon, som dekker fra to til fem sider, har jeg, bortsett fra i noen få med flere, satt inn fire Tankevekkere relatert til innholdet av den respektive Refleksjonen.

Jeg har valgt å ta med disse Refleksjonene og tankevekkere, hvorav mange er sterkt personlige, fordi jeg ser på livs-verdier og holdninger som menneskers viktigste styringsverktøy.

Jeg hevder ikke på noen måte at disse refleksjonene er fasit for de viktigste og riktigste livs-verdier og holdninger, men at de kanskje kan gi en liten påminnelse om disses betydning for oss alle og ikke minst hos de som steller med politikk.

George Manus

Mars 2025

I DEMOKRATIETS ÅND

14 Juni 2016

Ordet demokrati betyr folkestyre. Folket i demokratisk styrte land bestemmer politikken som skal føres. Det politiske parti som har flertallet, enten dannet ved egen oppslutning av stemmer, eller ved koalisjoner, bestemmer i stor grad politikken som skal føres, så lenge grunnloven følges.

Demokratiet ble utviklet i Hellas 500 år før Kristus og benyttes som styringsform i de fleste vestlige land og i stadig flere land rundt omkring i verden.

I demokratiets ånd må vi, med den frihet styringsformen er ment å gi oss, ta bestemmelser.

Vi står fritt til å velge hvilket parti vi vil stemme på, noe som i prinsippet betyr at vi gir støtte til ideen om at vi alle er like, en styreform som er ment å gi frihet, men som tar alle mennesker under en kam. Med andre ord, som har som manifest at alle i prinsippet er like og som en konsekvens bør dele samfunnets goder.

Ingen problemer med den siden av demokratiet. Hvis denne styringsformen, slik den blir praktisert av enkelte sosialistiske partier hadde hatt en forutsetning til å fungere, tror jeg til og med at jeg selv ville sympatisere med den.

Det er bare ett lite problem med det å dele godene, og det er først og fremst: hvor kommer de fra og hvem har skapt dem?

Deretter, hva med å dele de mange negative konsekvensene som oppstår når godene plutselig ikke eksisterer lenger? Kassen er gått tom som et resultat av at initiativ og drivkraft har uteblitt på grunn av manglende motivasjon, generelle nedgangstider eller fordi man ikke har latt de skapende krefter få tilfredsstillende spillerom.

Det viktigste er, etter min mening, å finne svaret på: Hvor kommer godene fra og hvem har skapt dem?

Hvor stor del av befolkningen tror at økonomi dreier seg om at det finnes bøtter fulle av penger som burde fordeles mellom oss alle? Sterkt forenklet kanskje og heldigvis er det færre og færre som tror det er slik.

Videre er det mange som mener, og dessverre ofte med berettigelse, at noen raker til seg mer enn andre. Sikkert mye riktig i det, korrupsjon skjer dessverre over alt og ikke minst her i Spania.

Så vidt jeg forstår har Spania den udelte gleden av å ligge på første plass i Europa i den sammenheng, men jeg må tilføye at det arbeides hardt for å komme dette uvesenet til livs. Men, som med alle inngrodde vaner, det tar tid å bli kvitt dem.

Grådighet er en desidert uting og selvfølgelig er det mange i samfunnet som uten sosialt ansvar misbruker sin posisjon til å berike seg selv. Det er nok dessverre en naturlig følge av menneskets natur og beviser egentlig at vi ikke på noen måte er like.

I naturen ville ingen dyr overleve hvis det ikke var de sterkeste og beste i flokken som ble ledere. Et demokrati i dyreverdenen ville antagelig ganske raskt føre til utslettelse.

Kanskje det ville være klokt å tenke litt mer på det?

Hvis alle skal bestemme, i seg selv antagelig den eneste rettferdige styreform, vil samfunnet sakte men sikkert gå i stå hvis man ikke åpner opp for kompromisser. Det må aksepteres at noen er bedre enn andre til å skape, og at de under ansvar må gis vilkår som stimulerer og motiverer. I mange demokratiske samfunn ha man heldigvis forstått dette.

Slik det er i dagens demokratier kan som nevnt enkeltmennesket selv bestemme i hvilket politisk segment de ønsker å befinne seg. På denne måten oppnår man tilhørighet, har en plattform å uttrykke meninger fra og oppnår derved for seg selv en samfunnsmessig trygghet.

Hvor mange politiske segmenter, eller partier, et demokrati skal ha er også noe som bestemmes av demokratiets innbyggere. Det står enhver fritt å danne sitt eget politiske parti. Når man sperregrensen når det gjelder velgere, er man i gang.

Det er moralsk riktig at ingen, uten ansvar, skal kunne berike seg på andres bekostning. Nettopp det lille "uten ansvar" er det aller viktigste, for det ligger nok dessverre i mange menneskers natur å prøve seg og la moralen seile i sin egen sjø.

Er ledere som er gode til å "fylle bøttene", like gode til å lede samfunnet? Uten å argumentere for eller imot mener jeg at så ikke er tilfelle.

Beskyttende vinger som spres ut over hele samfunnet, og de hensyn som må tas for å sikre alle, hører vanligvis ikke hjemme hos den som setter all innsats inn på økonomisk suksess.

Fordi om man har diplomatiske evner og har studert alle byråkratiets lover og regler, betyr ikke det at man er en god leder og langt fra at man har økonomisk teft. Her som ofte ellers gjelder ikke alltid sort/hvitt regelen.

Når vi snakker om motsetninger, og aksepterer at det er slik, er det bare logisk at man må akseptere at begge ytterligheter er nødvendige betingelser for å få samfunnet til å fungere. Begge ytterlighetene må derfor stimuleres til å yte sitt beste.

Toleranse, balanse og kompromiss er viktige faktorer i denne sammenheng.

Når det gjelder politikeren er det etter min mening mye riktig i Nelson Mandelas kortdefinisjon: "Politicians want their ideas to stay alive".

Jo flere som skal være med å bestemme, jo flere byråkrater må det til for å utrede og klarlegge de forskjellige synspunkter. Byråkratiet koster og jo større det blir jo mer komplekst og dyrere blir det. I sakens natur skaper byråkratiet i seg selv et kontinuerlig behov for vekst.

Det er vanskelig å forestille seg en demokratisk styreform som ville fungere uten Byråkrati. Uttrykket: Jo flere kokker jo mere søl, er nærliggende å referere til når man skal ta hensyn til alle fraksjoner i samfunnet.

Wikipedia beskriver byråkratiet som følger: "Byråkrati er en hierarkisk organisering av beslutnings-taking der enkeltsaker behandles av saksbehandlere med nøye avgrenset beslutningsmyndighet etter et felles sett regler, og der alle ansatte (byråkrater) er ansvarlige overfor ledelsen for at beslutningene er i henhold til regelverket. Hensikten med byråkrati er å sikre likebehandling av like saker og stor grad av detaljkontroll fra ledelsen.

Byråkratisk organisasjonsform er en forutsetning for at offentlig forvaltning i et demokrati skal kunne fungere. Men en finner også trekk av byråkratisk organisering i (større) private bedrifter. Vektlegging av korrekt prosedyre fører ofte til at en byråkratisk organisasjonsform blant annet er kritisert for å bruke unødvendig mye tid på å fatte avgjørelser. Derfor brukes ordet "byråkrati" i dagligspråket oftest som et nedsettende uttrykk for tungvint saksbehandling".

Irlenderen Edmund Burke skrev om konservatisme i et demokrati tilbake på syttenhundretallet:

"I believe in the essential weakness and corruptibility of human nature, in the incapacity of the average man to resolve his problems in a rational manner, in the irrelevance of most "rational" solutions to political problems".

Samfunnet er ifølge Burke ikke en rasjonelt konstruert struktur, men en organisme som utvikler seg gradvis. Ethvert forsøk på radikal omveltning må derfor ende i katastrofe. Fornuftens begrensinger gjør at tradisjonen må respekteres og revolusjonen fryktes.

Wikipedia beskriver "Establishment" som en benevnelse på den dominerende gruppe eller elite som innehar makt eller autoritet i en nasjon eller organisasjon. Det kan være en sosial lukket gruppe som velger sine egne medlemmer eller spesifikke elitestrukturer i en regjering eller en spesifikk institusjon.

Det politiske byråkrati innbefatter også en elite som styrer og dominerer.

For meg står det klart at nettopp fordi, som det beskrives i Wikipedia, at: Establishment er en benevnelse på en dominerende gruppe eller elite som innehar makt eller autoritet i en nasjon eller organisasjon, kan det hele lett få en proteksjonistisk slagside.

Vil det ikke være ganske naturlig at de som arbeider i et Establishment, i en slik konstellasjon gjør det de kan for å sikre seg og sine ved å skjerme seg fra innsyn fra oss vanlig dødelige? I deres øyne er vi vanlige mennesker antagelig for sneversynte og inkompetente til å forstå det komplekse helhetsbildet det dreier seg om når det gjelder å styre samfunnet.

Jo mer komplisert og omfattende, jo mer avskjermet og utilnærmelig blir The Establishment. Hensikten oppnådd.

Skal demokratiet fungere etter definisjonen må The Establishment og byråkratiet på en eller annen måte gjøres synbart og angripelig.

Hvordan det skal gjøres på en fredelig måte har jeg intet svar på, men at det er nødvendig er jeg ikke i tvil om.

***

EN DAG SOM HUSKES

Den 9nde juni i 2024 var, blant annet i Spania, det største politiske gjennombrudd i de siste årene for de som har valgt Partido Popular, eller Høyre, som sin politiske livsverdi.

Valget som ble avholdt i hvert av de 27 land tilsluttet den Europeiske Union, valgte den politikk som skal lede Det Europeiske Samfunn i årene fremover. Det samme valg vil selvfølgelig også ha den største betydning for de respektive land.

I Spania, hvor jeg nå har bodd permanent i over tjue år, viste resultatet av valget, at det her, på linje med de fleste andre land i Europa, ble et gjennombrudd for den konservative styringsformen, Partido Popular, og generelt en tilbakegang for sosialistene. Men, og det ser jeg på som en stor utfordring fremover. I kjølvannet av de konservatives fremgang fulgte en, i hvert fall for meg, ikke uventet fremgang også for de såkalte ultra konservative grupperinger. Spesielt gjaldt dette I Frankrike og Italia hvor de dominerte, men fremgangen ble også markert i en rekke andre land.

I min bok «I Demokratiets ånd» (denne boken), som planmesssig vil bli utgitt tidlig neste år, har jeg tenkt å få med denne lille rapporten, som kanskje underbygger noen av mine tanker og holdninger som gjelder dagens politikk.

I boken kommer det, beskrevet i Refleksjoner og Tankevekkere, også klart frem at det nettopp er denne utviklingen jeg mener måtte komme.

I lang tid har, etter min mening, oppvakte mennesker ikke kunnet unngå å se at dette måtte skje.

Dagens praktisering av sosialismen i mange land er etter min mening basert på det jeg tolker som en av mange sider av

Ekstrem demokrati og som jeg meget kort tillater meg selv å beskriver som følger:

«En politisk styreform hvor vanlige gjennomsnitts-borgeres fornuftige sans for hva som er riktig og hva som er galt når det gjelder holdninger til rettferdighet, tilsidesettes.
En styreform hvor minoritetsgrupper med stert avvikende holdninger til gjennomsnittet, alt for enkelt får gehør for sine synspunkter og hvor de styrende, for å opprettholde den politiske balansen opptrer ekstremt tolerant og ofte tilsidesetter konstitusjonelle hensyn».

Dette betyr blant annet at det store flertall av vanlige borgere med sunn fornuft, føler at forholdet til lov, respekt, orden, og ikke minst toleranse, har gått alt for langt. Det er ikke grenser for hensynstagene til minoritetsgruppers oppfatning av hva som skal godtas som normalt.

Mange «sunne» menneskers oppfatninger blir brakt i uorden, og ikke minst, blir det for den yngre garde, som er de som skal stå for fremtiden, vanskelig å forholde seg til normer og regler. Det siste ikke minst takket være foreldrenes manglende faste holdninger, som blant annet er et resultat av hvordan de over tid har blitt påvirket av de styrende.

Der hvor Sosialistene har stått for styringen av samfunnet, har de etter min mening i mange tilfeller selv gjort seg ansvarlig for at ultraradikale grupperinger stadig får større fotfeste. Men, Forhåpentlig vis fører dette også til at en stor og dominerende gruppe av "normale" konservative krefter også vil se en stor fremgang.

George Manus

INNHOLD

14

MINE 84 TANKEVEKKERE OM POLITIKK

DEMOKRATI I

Demokrati sikrer en rimelig stabil samfunnsform, men kan lett dempe dynamikk, initiativ og motivasjon.

2015

DEMOKRATIET II

Demokratiet, slik som det etter min mening i mange land praktiseres i dag, bringer oss sakte men sikkert mot store utfordringer.

Juni 2019

LA MASSENE REGJERE

Min mening er at hvis man lar Massene Regjere, som et eksempel under Den Franske Revolusjon fra 1789 til 1799, vil verden gå i stå. Som en konsekvens kan de som arbeider for at det skal skje, bli ansvarlige for vårt samfunns oppløsning.

2017

OBJEKTIVITET OG DIPLOMATI

La oss opptre litt mer Objektivt - bare være litt mer Diplomatiske - bare noen ganske få ganger hver uke. Vi behøver ikke strekke oss lenger før verden ville bli bedre å leve i.

REVOLUSJON

Revolusjon i forbindelse med politikk har oftest negativ klang - mens Revolusjon i forbindelse med teknisk utvikling får applaus.

DIPLOMATI

"Jeg har stor forståelse for dine meninger, men..."

2017

BESTREBELSE

Bestrebelsen på å gjøre samfunnet mer transparent er en av de viktigste ingrediensene i å skape forståelse og respekt mellom oss mennesker. Samtidig må den største vekt legges på å gjøre samfunnsmaskineriet enklere og mer oversiktlig for de av oss som av forskjellige grunner ikke benytter den vesentligste del av vår tid på å sette oss inn i det komplekset som representerer dagens samfunnsstyring.

2016

BYRÅKRATI II

At byråkratiet må gjøres synbart og angripelig for at demokratiet skal fungere er jeg ikke i tvil om, men hvordan det skal gjøres på en fredelig måte og i demokratiets ånd, har jeg intet svar på.

Juni 2024

BYRÅKRATI I

Jo flere som skal være med å bestemme, jo flere Byråkrater må det til for å klarlegge de forskjellige synspunkter. Byråkratiet koster og jo større det blir jo mer komplekst og dyrere blir det. I sakens natur skaper Byråkratiet i seg selv et kontinuerlig behov for vekst.

Juni 2016

TRUSSEL I DEMOKRATIET

Lar man alle "ideologiske ekstreme" i verden få uttrykke seg i sosiale medier, resulterer det i ukontrollerbare og ureparerbare situasjoner. Demokratiet gir, så vidt jeg forstår, dessverre ingen presis definisjon på "ideologisk ekstreme", så derfor kan denne utfordringen ikke løses. En av Demokratiets utfordringer blir derfor å finne løsninger som ikke virker diskriminerende for "ideologiske ekstreme" når det gjelder tilpasning og ytringsfriheten, et privilegium vi alle vil ha.

Februar 2019

FORENKLING I POLITIKKEN

Kunsten er å Forenkle uten verdiforringelse.

April 2019

EKSTREMDEMOKRATIET I

Etter min mening vil de som støtter Ekstremdemokratiet, en dag forstå at de derved har vært med på å undergrave demokratiets fundamentale verdier.

Mai 2019

KRANGLING

Hvis jeg kunne skrive musikk, ville jeg ha laget et akkompagnement til kranglingen og de endeløse avbrudd som man var vidne til under de spanske politiske debattene før valget.

28 April 2019

EKSTREMDEMOKRATIET II

Ekstremdemokratiet er skapt av myten om at vi alle er like. Stopper vi ikke den utviklingen vil alle former for ultraradikale organisasjoner blomstre.

Mai 2019

EKSTREMDEMOKRATIET III

Ekstremdemokratiet er, etter min mening, like destruktivt og farlig for våre samfunn som noen form for venstre eller høyreorienterte ekstreme organisasjoner. Ekstremdemokratiet er ansvarlig for å danne grobunn for økende innflytelse fra radikale venstre og høyreorienterte.

Mai 2019

EKSTREMDEMOKRATIET IV

Ekstremdemokratiet bør, etter min mening, defineres og gjøres tilgjengelig som en betegnelse på en politikk på linje med ultrakonservative eller ultrasosialistiske styringsformer.

Mai 2019

POLITISK EVOLUSJON

Evolusjon betyr utvikling over tid. I land som enda ikke har funnet en rimelig god balanse mellom sosialisme og konservativ-isme, og dem er det riktig mange av, er det naturbestemt at andre ytterligheter av og til blir stemt inn for å hjelpe og styre. Dette skjer for at utviklingen ikke skal gå fortere enn at menneskene kan tilpasse seg. Veien frem til et balansert, rettferdig, verdenssamfunn er lang - svært lang - uendelig lang.

Mai 2019

EKSEMPELETS MAKT II

Ett nytt parti bør hete Eksempelets Makt. Den eneste vei til respekt for demokratiet, er at dets ledere representerer Eksempelets Makt. Alle uten forståelse for det bør holde seg til andre politiske styringsformer.

Mai 2019

OM DEMOKRATIET I

Det er vanskelig å forestille seg en Demokratisk styreform som kan fungere uten Byråkrati. Jo flere kokker jo mere søl, er et nærliggende uttrykk å referere til når man skal ta hensyn til alle fraksjoner i samfunnet.

UTVIKLING III

Utvikling kan ikke skje uten offer. De som tror at verden kan fortsette ved stagnasjon er etter min mening naive.

Sept. 2019

FORHANDLINGER

Er det noe pompøst over forhandlinger?
Forhandlinger er ikke annet enn kommunikasjon mellom parter
som har til hensikt å ende opp med en avtale av en eller annen art.
Vellykkede Forhandlinger forutsetter at partene føler seg som vin-
nere. Når Forhandlinger ikke fører til resultat skyldes det ofte man-
glende forståelse og respekt for motpartens argumenter.

Mai 2019

OM DEMOKRATIET II

Når vi snakker om motsetninger og aksepterer at de alltid er der, er
det bare logisk at man aksepterer at ytterligheter er nødvendig for
å få samfunnet til å fungere. Alle må derfor stimuleres til å yte sitt
beste. Toleranse, balanse og kompromiss er viktige faktorer i denne
sammenheng.

2016

FREMSKRITT OG TILBAKESKRITT

Fremskritt er lett å love, men utfordrende å skape - mens Tilbake-
skritt kommer av seg selv hvis man ikke kjemper for Fremskritt.

2016

OM DEMOKRATIET III

Hvor mange politiske segmenter eller partier et Demokrati skal
ha, bestemmes av Demokratiets innbyggere. Det står enhver fritt å
danne sitt eget parti. Når man sperregrensen når det gjelder velgere,
er man i gang.

2016

OM DEMOKRATIET V

I naturen ville, etter min mening, ingen dyr overleve hvis det ikke var de sterkeste og beste i flokken som ble ledere. Et Demokrati i dyreverdenen ville antagelig ganske snart føre til utslettelse. Kanskje det ville være klokt å tenke nærmere på det?

2016

DISKRIMINERING II

Noen mennesker burde aldri få makt i politikken - men hvem skal bedømme i våre demokratiske samfunn?

Sept. 2019

OM DEMOKRATIET IV

Er det ikke naturlig at noen av de som arbeider i det politiske eta- blissementet gjør det de kan for å sikre seg og sine ved å skjerme seg fra innsyn fra oss vanlige dødelige? I deres øyne er vi antagelig for sneversynte og inkompetente til å forstå det komplekse helhetsbildet det dreier seg om når det gjelder å styre samfunnet.
Jo mer komplekst og omfattende, jo mer avskjermet og utilnærmelig blir etablissementet. Hensikten oppnådd. Skal Demokratiet fungere etter definisjonen må etablissementet og byråkratiet gjøres synbart og angripelig.

2016

KORRUPSJON II

Korrupsjon er samfunnets verste gift og har dessverre ingen politiske grenser. Eksempelets makt er alltid blant de sterkeste.

Okt. 2019

EKSTREMISME

*Etter min mening er herskende politikere i våre demokratier, alle
ansvarlige for Ekstremismens fremgang. De ber på sine knær om at
disse må fremme seg selv, ved at de handler alt for skånsomt i sin
daglige politikk.*

Juni 2019

STOPP VERDEN JEG VIL GÅ AV

*Brexit fører til isolasjon -
Isolasjon fører til svakhet -
Svakhet fører til stagnasjon -
Stagnasjon fører til maktkonsentrasjon -
Maktkonsentrasjon fører til overlevelse av de sterkeste -
De sterkestes overlevelse fører til mangel på sosiale ytelser -
Mangel på sosiale ytelser fører til fattigdom og opprør -
Etter det starter det på nytt når det gjelder isolasjon.*

Sept.2019

POLITISK ISOLASJON

*Som Isolert vil man alltid finne samarbeidspartnere, spørsmålet er
bare om det ikke til slutt vil ende i nye samarbeids-koalisjoner som
er basert på isolasjonister. Det vil så igjen føre til rivalisering med
andre koalisjoner.
Uansett, det er bare en vei fremover og det er samarbeid.*

Sept. 2019

ET STED Å LEVE

*Jeg valgte bestemt ikke å bosette meg i Syd-Spania på grunn an
landets politikk, men fordi det er et herlig Sted å Leve som pensjo-
nist, til tross for sin politikk.*

Nov. 2019

VALG

Det er et ordtak som sier: "Noen stemmer med hjernen og andre med hjertet". Dette er sannsynligvis tilfelle i det spanske Valget 10 november 2019, så vi kan bare skylde på oss selv for at vi får det vi får.

Nov. 2019

POLITIKK OG SAMSPILL

En definisjon av Politikk er at det er Samspillet mellom staten og det øvrige samfunn. Det må bety at Politikere alltid vil forbli, uansett om samarbeidet er godt eller dårlig.

Okt 2019

TILLITS-POLITIKK

Tillits-politikk kan kun fungere gjennom eksempelets makt. Den eneste vei til opprettholdelse av respekt for demokratiet, er at dets ledere representerer eksempelets makt. Når eksempelets makt viser sitt riktige ansikt blir det virkelig bærekraftig ledelse, så vel i næringslivet som i det politiske liv.

Mai 2019

EN VERDEN

Er demokratiet en midlertidig sikkerhetsventil? Fornuft tilsier, etter min mening, at det er umulig å la alle individer være med å bestemme samfunnsutviklingen. Kanskje naturen har vært med på å bestemme at vi trenger utrolig lang utviklingstid for å nå den endelige løsning. En Verden, alles Verden.

MOTSTANDERE AV UTVIKLING

I politiske demonstrasjoner hører vi at: "Kapitalismen dreper verden". Skal vår verden overleve, kreves penger. Etter min mening skapes pengene gjennom kapitalisme og skal selvfølgelig beskattes på fornuftig måte. Deretter skal midlene forvaltes av styrende politikere. Kveles kapitalismen møter mange av oss svært trange kår.

Dept. 2019

SOSIALISME OG KAPITALISME

Sosialisme og Kapitalisme er et resultat av erfaring. Sosialistene tror, og kanskje med rette, at Kapitalismen har som mål og undertrykke og utnytte de i samfunnet som ikke representerer eliten, mens Kapitalistene, også kanskje med rette, tror at Sosialistene bruker det meste av sine krefter på å bli kvitt dem. Hvem kan balansere disse ytterlighetene?

Sept. 2019

KORRUPSJON III

Det heter at mulighet gjør tyv. Betyr det at Korrupsjon skjer som et resultat av at muligheter eksisterer? Hvis det er tilfelle er det vanskelig å komme til livs på annen måte enn å låse mulighetene. Kan det skje i samsvar med demokratiets idealer og menneskerett?

Okt. 2019

ØKONOMISK AVHENGIGHET

Økonomisk Avhengighet land imellom, er en vesentlig faktor for å redusere alvorlige konflikter.

Nov.2019

UANSETT

Uansett hvor demokratisk man organiserer samfunnet, vil det alltid være en "elite" som styrer. Bør den "eliten" være de som forstår seg på, og respekterer ansvaret de har, eller de som bare hevder at de skal ta vare på og beskytte alle samfunnets borgere?

Des. 2019

TAPERE OG FANATIKERE

Uttrykk for demokratiske meninger skal alltid respekteres, men husk at: Etter min mening er det stort sett bare Tapere og Fanatikere som går i første rekke i politiske demonstrasjoner om makt i samfunnet.

Okt. 2019

ER DET IKKE MERKELIG?

I gjennomsiktige demokratiske valg representerer den vinnende part politikken som skal følges. Merkelig at de samme menneskene som stemte på vinneren sjelden blir fornøyd med deres politikks gjennomføring.

Nov. 2019

PENSJONISTER OG TRYGDEDE

Fremtidens Pensjonister og Trygdede kan kun håpe at nåtidens styrende politikere gir de som skaper fremdrift levevilkår som stimulerer til innsats, slik at resultatet av deres kreativitet gjennom beskatning gir økonomiske grunnlag til å holde alle i samfunnet gående.

Nov.2019

FREMTIDEN OG ARBEIDSPLASSER

Etter min mening blir det i fremtiden ikke et spørsmål om å finne Arbeid til alle. Utfordringen blir at alle må skaffes en meningsfylt tilværelse.

Nov. 2019

MANGEL PÅ TILPASNING

Så lenge det ikke er forståelse for avhengighet av hverandre, er ordene Mangel på Tilpasning, etter min mening de som bremser veien fremover for oss alle. Enkelte yrker må vike plassen for endring. Logisk nok vil dette føre til protester og utfordringer, men ingenting kan endre den naturlig evolusjon. Politikere må lære å bruke ordet Tilpasning og sette det ut i livet. Hvis ikke, fortsetter vi å kaste bort verdifull tid på å kjempe for en håpløs fremtid.

Januar 2019

POLITI OG BEVIS

Noe er galt når Politiet må ha fotografier for å bevise sin opptreden under demonstrasjoner med klare overtredelser av demokratiske rettigheter.

Okt. 2019

OPPOSISJON OG MOTVEKT

Opposisjon og Motvekt er nødvendig. Det er kun når ekstremismen kommer inn i bildet at alt kommer i ubalanse.

Okt.2019

SAMHOLD OG SEPARASJON

Etter min mening forstår ethvert fornuftig menneske at Samhold er veien fremover. Gjør det helt klart for deg selv at de som tror at separasjon er fremtiden, kalles SEPARATISTER.

Okt. 2019

FREMOVER OG TILBAKETREKNING

Det er ikke alltid at et trekk fremover er det riktigste. Strategisk Tilbaketrekning kan til tider være viktig for endelig fremgang.

Okt. 2019

ALLE KJEMPER FOR EGNE IDEER

I politikken Kjemper Alle For Egne Ideer. Intet galt i det, men hvis alle Kjemper for sitt blir det ingen fellesnevnere, som er en forutsetning for fremdrift.

Nov. 2019

VI ER ALLE FORSKJELLIGE

Grunnen til at: "Det opplyste eneveldet" ikke kan fungere, er at Vi Er Alle Forskjellige. Som en konsekvens av det ville den opplyste enehersker være en av oss, med de samme styrker og svakheter.

2017

SPANSK POLITISK KOALISJON II

Min følelse er at den spanske koalisjonsregjeringen er et virus i tillegg til Covid 19. Det har vist seg vanskelig for dem å behandle to virus samtidig.

April 2020

OM Å SETTE GRENSER

Selv om man setter klare Grenser, betyr det ikke at de alltid er låst. Gjennom diplomati finnes det ofte kompromiss.

Okt. 2019

PROGRESJON ELLER STAGNASJON

Uansett, hvis ikke hjulene skal stoppe og rulle, er det etter min mening bare en vei og den er fremover. Å skru tiden tilbake er en katastrofe, spesielt for dem som tror de får det bedre ved å ta en større part fra de velstående:
Penger eksisterer kun hvis de er skapt.

POLARISERING

Det merkelige er at Polarisering skjer både når ytterligheter nærmer seg hverandre - og når parter fjerner seg fra hverandre.

Okt. 2019

VOLDELIG POLITISK DEMONSTRASJON

Jeg tror at hvis man fjerner de første 25 meterne i en Voldelig Politisk Demonstrasjon, kan man fra reaksjonene til de gjenværende få et solid grunnlag til å vurdere dens reelle hensikter.

Okt. 2019

HVORDAN ER DET MULIG

Hva slags styre har et demokratisk land som ikke kan holde orden på sine innbyggere? Reglene tilsier selvsagt at går man utenfor loven, straffes man. Hvordan kan da det skje som skjer i Spania i disse dager?

(Med referanse til den 2017 Katalanske folkeavstemning om selvstendighet)

Okt. 2019

ØKONOMI

En Økonomi som ikke er i bevegelse betyr stillstand, og stillstand betyr tilbakegang. Som i alt annet, uten nedgang og oppgang, blir det heller ingen fremgang.

Nov. 2019

TRAGISK RESULTAT

Sett med mine øyne blir Resultatet av det spanske valget og koalisjonen som er opprettet mellom PSOE (Arbeiderpartiet) og PODEMOS (Kamuflert Komministparti), en katastrofe for de styrende.

Nov. 2019

TIDER ENDRER SEG

Det er ting som før i tiden virket avskyelige, som i dag er akseptable, og ting som i dag synes avskyelige, men som en gang i fremtiden vil bli fullt akseptert.

Jan 2020

FREMTID OG FORTID

Etter min mening har Betydningsfulle ledere forståelse for Fortiden. De har forstått at det ikke er noen fremtid uten en fortid.

SATT PÅ SPISSEN

Statistikk i Spania viser omtrent det samme antall arbeidsløse som for ett år siden. Landet har for det meste vært lukket siden tidlig i år grunnet Covid-viruset. Kunstig åndedrett fra staten for å unngå et stort antall konkurser blir i Spania ikke tatt med i statistikken, som ellers ville vise enorme økninger. Politikerne fremstiller dette som at utviklingen ikke er så negativ?

April-Mai 2020

DEN NYE NORMALITETEN

*Spanias statsminister Pedro Sanchez skryter av at han har introdusert uttrykket «La nueva normalidad».
La oss håpe at ingen bruker denne setningen for noe annet enn Covid 19-epidemien.*

Juli 2020

SPANSK POLITIKK

Etter min mening er Spania utvilsomt et Klondyke når det kommer til demokrati. Kontrollert av en koalisjon mellom sosialister og kommunister, styres informasjonen som om den var ment for barn.

Mars 2021

EKSEMPELETS MAKT I

Det gode vil vinne ved Eksempelets makt. Den virkelige nedgang begynner først den dag man mister synet for denne realiteten.

Mars 1992

DEMOKRATI IV

En ting er sikkert, sett fra mitt ståsted: Jeg kommer til å gå i graven som en desillusjonert mann når det gjelder resultatene av demokratiet slik det i mange land praktiseres i disse dager.

Februar 2021

MENNESKERETTIGHETER

Etter min mening må Menneskerettighetene begrenses til reglene menneskene selv har vært med på å forme, gjennom rettferdige valg.

April 2021

DEMOKRATI III

Min mening er at en av Demokratiets svakheter er at ærlighet un-
dertrykkes. (Man unngår å kalle en spade for en spade).

August 2022

LOVLIG - ULOVLIG

Hva som er Lovlig og hva som er Ulovlig tolkes like forskjellig som
det er antall mennesker på jorden. De skrevne lovene i de forskjelli-
ge land respekteres nok i større eller mindre grad,
men de moralavhengige uskrevne er det verre med.
Vi kan bare anta at et flertall av menneskeheten er Lovlydige.

Juni 2019

FORSKRUDD

Med så mange Forskrudde mennesker som det finnes i verden, ville
det etter min mening være fornuftig å være mer kritisk når man
velger de som skal styre og ta vare på oss.

Juli 2019

POPULISME

Min mening er at kunsten for Populisten som ønsker å styre, er å
mislede mennesker til å stemme for sin politikk med alle mulige
midler, falske eller sanne.

Mars 2019

MORAL

Det er Moralsk riktig at ingen, uten ansvar, skal kunne berike seg på andres bekostning. Nettopp det lille "uten ansvar" er det viktigste, for det ligger nok i mange menneskers natur å prøve seg, og la Moralen seile i sin egen sjø.

2016

KULTURER MØTES

Min mening er at de fleste ønsker en verden som er til det beste for de fleste, men ettersom veien til å nå målet ses fra uendelig mange vinklinger er det tvilsomt om man noen gang vil nå frem. Det eneste som er helt sikkert er at det vil ta lenger tid enn noen er i stand til å forstå.

Juni 2019

YTRINGFRIHET

Ytringsfriheten burde etter min mening være en selvfølge i en opplyst verden, men er nok ikke det over alt. Men selv der hvor det med Ytringsfriheten er i orden er det ikke sagt at man, fordi man har en mening om en sak, nødvendigvis alltid må gi uttrykk for den, sette ting på spissen og slåss på barrikadene for den samme.

April 2014

DIPLOMATISKE EVNER

Selv om man har Diplomatiske Evner og har studert byråkratiske lover og regler, betyr ikke det at man er en god leder og langt fra at man har økonomisk teft. Her som ofte ellers gjelder ikke sort/hvitt regelen.

STIMULERENDE ARBEIDSFORHOLD

Hvis alle skal bestemme, noe som etter min mening antagelig er den eneste berettigede formen for styre, vil samfunnet sakte men sikkert stoppe opp hvis man ikke åpner for kompromisser. Det må aksepteres at noen er bedre enn andre til å skape, og at de under ansvar må gis stimulering og motiverende arbeidsforhold. Mange demokratiske samfunn har heldigvis forstått det.

USA' PRESIDENT

At 78 millioner stemte på Donald Trump burde være en vekker til demokratiet om å legge om stilen. Dagens demokrati, i hvert fall slik det praktiseres i Spania, fremelsker etter min mening ekstremisme.

Nov. 2020

POLITIKERENS MAKT

Politikerens styrke bør ikke dømmes etter talemåter, men gjennom væremåte og eksempelets makt.

EKSEMPELETS MAKT III

Intet kan stå imot det gode og eksempelets makt.

Jan. 2021

SPANSK POLITISK KOALISJON I

Den spanske koalisjonsregjeringen er et virus i seg selv. Den vil når tiden kommer måtte betale sin pris.

April 2020

POLITISK DILEMMA

Kunsten for moderne Politikere er, etter min mening, å pasifisere den lille prosent av befolkningen som ødelegger mulighetene for demokratisk blomstring. Men det er vel ikke demokratisk?

Okt. 2019

DAGENS DEMOKRATI I PRAKSIS

Jeg tar gjerne en omelett takk, men vær så snill og ikke knus eggene.

Juni 2024

DEN STORE OVERSIKTEN

Du kan ikke nå den store oversikten ved å lete etter detaljer. På vei til å nå den store oversikten må du imidlertid ikke glemme detaljene.

MINE REFLEKSJONER OM
LIVS-VERDIER OG HOLDNINGER

Ingen prioritert rekkefølge

AVHENGIGHET

Desember 2013

Jeg tror at vi alle, i en eller er annen form gjennom alle stadier i livet, er avhengige av noen eller noe.

Helt fra vi ser dagens lys for første gang er vi avhengige. Ikke før er navlestrengen kuttet så er vi normalt prisgitt den som vi har vært avhengig av gjennom hele svangerskapet, men med den store forskjell at fra nå av kan andre steppe inn og overta ansvaret for vår videre utvikling.

Uansett, vi er fremdeles avhengige og prisgitt noen.

Hvor i verden vi er født, under hvilke omstendigheter, fattig eller rik, den som tror at penger gjør en uavhengig tar skammelig feil; vi er alltid avhengige.

Kan man ikke gjøre seg uavhengig av avhengighet? Kun ved ekstreme manøvre ville jeg tro. Men ønsker du egentlig det?

Avhengighet er helt naturlig og har en selvskreven plass i dagliglivet.

Vi skal hele tiden lære, det være seg i eller utenfor den formelle lærdom de fleste av oss får gjennom skolegang.

Videre, når vi kommer ut i den virkelige verden, er det stadig et spørsmål om å lære.

Den dag du gir opp og sier at nå er det nok, nå er det ikke lenger noen vits i å lære mer, da er du virkelig på vei mot slutten.

Vi er, uansett hvordan vi ser på det, avhengige av andre for å lære.

Det heter seg at han eller hun er selvlært. Basis for å være selvlært må da være at du bygger på en basis du har lært og i så tilfelle, hvis man ser det isolert, er det vel mer snakk om indirekte å bygge på andres erfaringer og da er du jo avhengig av det.

Den utfordrende avhengighet møter et stort antall mennesker som av et utall årsaker trenger andre rundt seg for å eksistere.

Jeg kan forestille meg, selv om dette ikke kommer fra egen erfaring, at de fleste i en slik situasjon vil gjøre det de kan for å gjøre seg uavhengig.

Dessverre vil dette i situasjonen ofte være en umulighet, man bare er og vil alltid forbli avhengig av andre.

Ovennevnte eksempler er relatert til menneskelig avhengighet.

Hva så med de mer fjerne avhengigheter, de som de fleste av oss i det daglige kanskje ikke tenker så mye på.

For oss som er så heldige å vokse opp i den såkalte moderne verden er det naturlig at både rent vann og elektrisitet er der til enhver tid. Vi tar det som en selvfølge og beklager oss over den minste ubehagelighet som ofte er en konsekvens av et strømkutt, eller at vannet uteblir i noen timer fordi et rør har sprunget lekk. Her er vi inne på den materialistiske avhengighet og den er det mange nyanser av. Vi "bortskjemte" tar alt for mange ting for gitt, vi betaler jo for det gjennom skatter og avgifter, gjør vi ikke det?

Det appelleres til oss på skjermen om å sette av noen få kroner månedlig til de millioner av mennesker som ikke vet hva rent vann er og som knapt nok har kontakt med elektrisitet i sitt daglige liv. Noen må følge oppfordringene da vi ellers ikke ville se disse kampanjene presentert på TV.

Bilder av barn som drikker vann som vi andre ikke en gang ville blande sement med, og som går timevis hver dag til infiserte vannkilder for å hente disse, for dem, dyrebare dråpene.

Uansett på hvilket nivå, avhengigheten er der.

Vi har gjort oss totalt avhengig av mobil og Internett, samt et hav av andre tekniske remedier og føler at verden stopper opp hvis det en gang i mellom oppstår uregelmessigheter med disse. Ja, vi ønsker tydeligvis å være avhengige. Vi insisterer på det i vår daglige tilværelse ved stadig å hige etter å være på høyden med de nye og siste "gimmicks". Dette gjelder naturligvis ikke alle, men helt klart de fleste av oss.

En annen avhengighet, og en som kan være langt mer alvorlig for den enkelte eller de det gjelder, er den avhengigheten som kan gå ut over helse eller som ofte kan ødelegge familieliv. Det er lett nok å si at her må man være på vakt, men jeg vil tro at det er så mange faktorer som spiller inn at enhver får tenke på seg selv og sine og ellers i den grad vi finner tid og interesse, engasjere oss i organisasjoner som vi tror kan ha en positiv påvirkning når det gjelder å bekjempe avhengighet og misbruk.

Selv har jeg heldigvis aldri stiftet bekjentskap med noen form for det jeg av manglende kunnskap, under en kam, kaller "narkotiske stoffer".

Fra jeg var sytten til jeg var tjuetre røkte jeg sigaretter.

Jeg sluttet fordi jeg i oppveksten slet med stadige mandel anfall.

Til slutt kom skriften på veggen, jeg ble innkalt til operasjon for å få dem fjernet. Min medfødte redsel for alt som har med sykehus og hvite frakker å gjøre, førte omgående til handling. Rekvisisjonen ble revet i stykker og den siste sigarett stumpet.

Frykten må stadig ha ligget i underbevisstheten, for jeg har helt frem til de siste tiårene til tider hatt meget ubehagelige mandel anfall, selv om jeg siden den gang aldri har røkt.

Noe helt annet er det med alkohol. Til tross for et jevnt tilsig av rødvin gjennom alle år fra jeg først oppdaget denne Bacchus gave under mitt nær toårige skoleopphold i Italia som sytten attenåring og frem til i dag, noe som sikkert i manges øyne ville gjøre meg til alkoholiker, kan jeg ikke med min beste vilje si at negative sideeffekter på noen måte har fått meg til å sette glasset på hyllen. Har siden ungdomsdagene aldri hatt det man forbinder med "en dagen derpå", eller meg selv bevisst, andre skadevirkninger.

Volumet har holdt seg støtt og godt mer eller mindre på samme nivå gjennom de siste femti år.

Mens mine to døtre vokste opp hørte vi stadig om tragedier som resultat av at man hadde stiftet bekjentskap med forskjellige "stoffer". Jeg tror jeg valgte den for meg enkleste vei ut av dette ved å gjøre det klart for dem at, uansett hvor glad jeg var i dem, alt annet ville jeg hjelpe dem med uansett hva det var, men rotet de seg bort i "narkotika" ville de måtte stå på egne ben.

Jeg har alltid ment at dette er noe den enkelte må takle på egenhånd. Har du rotet deg inn i den sirkelen er det kun deg selv som kan komme ut av den igjen.

Jeg er ydmyk og tolerant for alle syn på denne saken, men er selvfølgelig glad for at vi i familien så langt har sluppet unna i den sammenheng.

Ettersom jeg selv aldri har vært noen gambler, vet jeg heller ikke mer om denne interessen annet enn det jeg kan lese om de skjebner som kan ramme både familie og personen som ikke er i stand til måtehold i den sammenheng.

Igjen et spørsmål om personlig balanse og kontroll og fare for avhengighet. Det går sjelden direkte på helsen, men det er ingen tvil om at tragedier utspiller seg daglig og at mange familier er oppløst i forbindelse med gambling.

Å bruke men ikke misbruke, med andre ord å finne en gylden middelvei i forholdet til alle livets utfordringer må vel være det du bør strebe etter; men glem endelig ikke at du også skal leve det ene livet du har fått her på jorden.

***

MINE TANKEVEKKERE OM AVHENGIGHET

AVHENGIGHET I

Har du en spesiell innstilling til et annet menneske, skal du regne med at vedkommende også har en spesiell innstilling til deg.

Juni 2018

AVHENGIGHET II

Er det ikke, på en eller annen måte, en følelse av sikkerhet i det faktum at vi alle er Avhengige av hverandre?

Okt. 2019

AVHENGIG OG UAVHENGIG

Det er ikke et nederlag å være Avhengig - bare man selv gjør alt man kan for å bli Uavhengig av det som forsurer livet.

2018

BRUKE OG MISBRUKE

Forskjellen på å Bruke og Misbruke kan være svært liten og feilskjær i den sammenheng kan være skjebnesvangre.

April 2019

STOLTHET

Mai 2014

"Det er det ikke noe å være stolt av" eller det motsatte: "Det kan du være stolt av", er uttrykk man fester seg ved, spesielt når de kommer fra en autoritet på et eller annet område og gjelder en selv. Det er noe med å tenke seg godt om før man henvender seg til noen med uttrykket: "Det er det ikke noe å være stolt av". Her bør man sørge for å ha en gjennomtenkt begrunnelse på forhånd.

Lite kan såre mer enn hvis beskyldningen som ligger til grunn for at man benytter uttrykket ikke er riktig, men bare basert på antagelser eller rykter.

Får man uttrykket servert om seg selv, bør man ellers tenke seg godt om før man tar til gjenmæle.

Kanskje det kan være på sin plass og teste dette på seg selv en gang imellom. Hvordan ville jeg reagere hvis noen i en eller annen sammenheng fortalte meg at: "Det er det ikke noe å være stolt av."

Hvis noen henvender seg med uttrykket "jeg er stolt av deg" og man vet at det er vel ment, varmer det.

Er man ærlig, og det skal man selvfølgelig være, så skal man aldri benytte uttrykket "jeg er stolt av deg" til noen, hvis man ikke mener det fullt og helt. Vi vet jo alle at det varmer når noen sier det til oss og vi vet at det er ærlig ment og fortjent.

Føler man imidlertid at det ikke er helt ærlig ment, kanskje mer sarkastisk, kan det svi ganske kraftig.

Kanskje du skulle rydde litt opp i din egen bruk av denne type komplimenter.

Hvor ofte har du selv benyttet det siste uttrykket: "Jeg er

stolt av deg"? Tenk på hvordan du selv ville reagere hvis du fra noen som betyr noe for deg, får servert disse fem ordene. Det varmer, gjør det ikke det?

"Stoltheten lyser ut av øynene på den det gjelder".

Målet er nådd. Jo større innsatsen har vært, og jo mer man har ofret for å nå målet, jo mer følt stolthet.

Denne følelsen av stolthet har vi nok alle stiftet bekjentskap med.

Det pussige er at denne form for stolthet kan være like stor hva enn saken dreier seg om. Det dreier seg med andre ord ikke om hvor stor bragden er. Her er alt personlig og proporsjonalt.

Om det er første gang du får balansen på sykkelen, eller om det er en utmerkelse du som liten fikk innen idrett eller annet, en eksamen eller lignende, så vil stoltheten være personlig og proporsjonal med målets viktighet for deg selv, og innsatsen du nedla for å nå målet.

Det å være stolt på andres vegne er kanskje den mest verdifulle stoltheten.

Den kan gi dobbelt glede. Spesielt hvis du selv mener å ha vært personlig delaktig i at vedkommende det gjelder har fortjent å bli rost med uttrykket:

"Det kan du være stolt av".

Alle har vi nok et snev av personlig stolthet, og det er antagelig både riktig og viktig.

Det er når denne form for stolthet blir overutviklet at den blir vanskelig og hanskes med.

Med overutviklet personlighet mener jeg ikke at det ikke

i spesielle tilfeller er godt å gi uttrykk for at du er stolt over noe du har gjort. Det er vel heller ofte måten stoltheten blir fremført på, det dreier seg om. Det er noe som heter at: "beskjedenhet er en dyd."

Går den personlige stoltheten ut på en misforstått måte å beskytte seg selv på, en form for forsvar?

Er man engstelig for å dumme seg ut, eller redd for å blott-stille seg, og derfor drar til med en stolt overlegen holdning?

Er man redd for å miste ansikt, eller kan det ha noe å gjøre med at man tar seg selv svært høytidelig?

Det er lett å forstå at den personlige stoltheten ikke bør bli overutviklet.

Etter min mening er den mest sympatiske stoltheten den man viser på andres vegne - men den må være ærlig

*****

MINE TANKEVEKKERE OM
STOLTHET

STOLTHET
Det å være Stolt på andres vegne er den mest verdifulle Stoltheten.

2014

STOLTHET OG HOVMOD
Hvis flere så nærmere på hvordan oppslagsverket beskriver Stolthet og Hovmod og fikk lagt bak seg disse belastende egenskapene, ville mange bli oppfattet som langt mer sympatiske.

STOLTHET I
Din personlige Stolthet bør ikke bli overutviklet.

2020

STOLTHET II
Lite kan såre mer enn om noen forteller deg at:
«Det er det ikke noe å være stolt av»

2023

TÅLMODIGHET

Januar 2019

«Jeg kommer straks». Det starter gjerne med at man blir fore-speilet at noe skal skje til avtalt tid, men som så av grunner blir forskjøvet.

Begge parter er klare til ett eller annet og bekrefter dette seg imellom, men så blir en av partene av en eller annen grunn forstyrret og derved forsinket.

Den part som etter avtalen forventer at det som skulle skje virkelig skjer, vil normalt, fra det tidspunkt avtalen ble gjort, starte nedtellingen ved å vise tålmodighet.

Det er her hver enkelt av oss viser sine indre kvalifikasjoner eller mangel på sådanne. Hva er det som gjør at de fleste av oss har en tendens til å miste tålmodigheten på et tidspunkt, eller at den i hvert fall blir proporsjonalt svekket med utsettelsen i tid?

Er det tiden vi mister som vi ser som verdifull, eller er det bristen til forventningene? Avtalen er gjort og forventningene er derved ubevisst bygget opp, for så at det hele blir forskjøvet i tid.

Er tålmodigheten et menneskelig fenomen?

Dyr, spesielt husdyr så som hunder og katter, ser ikke ut til å ha de samme problemer med tålmodigheten som oss men-nesker, i hvert fall ikke den tålmodigheten som har å gjøre med tid.

Er det fordi deres bedømmelse av tid er forskjellig fra vår, eller at deres instinkt når det gjelder forventninger er annerle-des?

Hunder, som jeg har mest erfaring med, spesielt engelske settere, mangler i hvert fall ikke forventninger.

De, som ellers ser ut til å være blottet for denne egenskapen i det daglige, har det ganske klart for seg når jaktsesongen er i anmarsj. Da viser de forventninger til det fulle. Om det dreier seg om erfaring fordi de blir brukt til jakt eller om det er innebygde nedarvede instinkter vet jeg ikke, men at de besitter sterke forventninger og at de i den sammenheng ikke på noen måte kan kontrollere sin tålmodighet har jeg mange eksempler på.

Det er nok, når jeg tenker nærmere over det, langt fra korrekt at hunder ser ut til å være blottet for tålmodighet i det daglige. Bare ta en titt på halens bevegelse hos hunden når man henter hundebåndet, eller når man er på vei til å utføre en annen av hundens daglige positive rutiner.

Hundens tålmodighet går ikke over i irritasjon hvis handling uteblir, men hender det, kan man tydelig lese skuffelsen for at forventningene uteble, på kroppsspråket.

Alle typer tålmodighet har ikke noe å gjøre med tid. Ta for eksempel den tålmodigheten som er relatert til ting som man går på akkord med i det daglige.

Her kan også tålmodigheten settes på store prøver. Uvaner av forskjellig art, eller gjentatte handlingsmønster som man ikke er udelt begeistret for hos andre, løses ikke alltid ved at man lar det føre til kritikk som så blir gjenstand for sårende diskusjoner. Nei, du tar toleransen til hjelp og smører deg med tålmodighet.

Denne modellen kan ofte med hell benyttes over kortere perioder, men går man for lenge på akkord ved hjelp av for mye toleranse og tålmodighet, kan det gå på helsen løs.

En annen sak er at eventuelle forventninger til at årsaken til uvanene eller gjentatte irriterende handlingsmønster skal forsvinne av seg selv, er noe man sjelden eller aldri vil oppleve.

Hvis vi alle kunne være oss selv litt mer bevisste når det gjelder å gi andre grunn til å sette tålmodigheten på prøve, ville mye i dagliglivet bli lettere.

***

MINE TANKEVEKKERE OM TÅLMODIGHET

TÅLMODIGHET II
Den Tålmodige blir dessverre ofte utnyttet og får sjelden annen takk enn god-følelsen av å hjelpe andre.

Okt. 2019

TÅLMODIGHET OG FORVENTNINGER
Hvis vi alle kunne være litt mer bevisste når det gjelder å gi andre grunn til å sette sin Tålmodighet på prøve, ville mye i dagliglivet bli bedre.

Januar 2019

TÅLMODIGHET-FORVENTNINGER I
Tålmodigheten blir mindre jo større Forventninger man har.

Januar 2019

TÅLMODIGHET OG BALANSE
Er du Tålmodig uten å la det bli en sovepute, oppnår du bedre Balanse med deg selv.

April 2019

HOLDNINGER

2016

Uten holdninger, jeg ser bort fra de fysiske, ville mye sett annerledes ut i vår verden.

Nå er det ikke slik at alle har holdninger av den typen jeg tenker på, eller sagt litt mer bestemt, bevisste holdninger.

Det er sikkert som det skal være, men så er det også viktig at de med bevisste holdninger står for dem og det er det kanskje verre med.

”Min holdning til den saken er...”. Bastant holdning, her dreier det seg om en med klare holdninger, i hvert fall etter egen oppfatning og som ønsker å gi uttrykk for dem.

Mange har sikkert holdninger som de i dagliglivet på alle måter søker å leve opp til.

De jeg tenker på har ikke behov for alltid å gi uttrykk for sine holdninger, de bare har dem, lever opp til dem og i lys av det fremstår de i andres øyne som mennesker med holdninger.

Det er ikke grenser for hvilke holdninger du representerer og observerer hos andre hvis du tenker etter.

Holdninger er etter min mening en så viktig del av livs-verdiene, at jeg i denne Refleksjonen har gjort en av unntakene fra hovedregelen for denne boken, om at det følger fire Tankevekkere etter hver Refleksjon.

Her har jeg lagt inn 17 av dem og håper at de vil gi deg en forståelse av holdningenes betydning og mangfold.

***

MINE TANKEVEKKERE OM HOLDNINGER

SVART – HVITT HOLDNING
Du forenkler dine synspunkter til et enten eller.

HÅPLØSE OG HÅPEFULLE HOLDNINGER
Som Håpløs ser du ingen annen utvei enn å gi opp -
mens du som Håpefull satser alt for å nå målet.

UPÅVIRKELIGE OG PÅVIRKELIGE HOLDNINGER
Som Upåvirkelig styrer du rett frem uten å la deg påvirke av noe -
mens du som Påvirkelig vurderer andres ideer og tanker.

TOLERANTE OG INTOLERANTE HOLDNINGER
For husfredens skyld forblir du Tolerant -
mens du som Intolerant står på ditt for å markere deg.

KJÆRLIGE OG UKJÆRLIGE HOLDNINGER
Den Kjærlige snur det andre kinnet til med et smil -
mens den Ukjærlige avviser videre dialog.

ONDSKAPSFULLE OG GODE HOLDNINGER
Som Ondskapsfull begjærer du de andres lidelse -
mens du som God gjør alt du kan for andres velbehag.

OPPGITTE OG OVERBÆRENDE HOLDNINGER
Som Oppgitt slår du ut armene og rister på hodet -
mens du som Overbærende trekker på smilebåndet.

MEDFØLENDE OG UFØLSOMME HOLDNINGER
Som Medfølende tar du interesse i andres situasjon med sympati -
mens du som Ufølsom avviser alle tilnærmelser.

KJÆLENDE OG AVVISENDE HOLDNINGER
Som Kjælende strutter du av god-følelse og ønsker nær kontakt -
mens du som Avvisende tydelig gir uttrykk for ønske om fysisk
distanse.

2016

SINT OG SUR HOLDNING
Som Sint tenner du på det minste med sterke uttrykk -
mens du som Sur henger med geipen og er lite snakkesalig.

VENNLIGE OG UVENNLIGE HOLDNINGER
Med Vennlighet glir du lett inn i de fleste miljøer -
mens du som Uvennlig blir stående utenfor.

HUMØRLØSE OG HUMØRFYLTE HOLDNINGER
Som Humørløs stille du svakt i sosial sammenheng -
mens du som Humørfylt huskes med positivt fortegn.

FØYELIGE OG TØYELIGE HOLDNINGER
Som Føyelig velger du gjerne løsninger foreslått av andre
- mens du som Tøyelig, i tillegg bøyer deg for å knytte skolissen.

BASTANTE OG ETTERGIVENDE HOLDNINGER
Som Bastant står du hårdnakket på dine standpunkt -
mens du som Ettergivende føyer deg etter andres.

STERKE OG SVAKE HOLDNINGER
Med Sterke holdninger fremhever du det du mener er dine Sterke
sider - mens du med Svake holdninger fortrenger og undertrykker
dem.

HOLDNINGER
Det viktigste er at du opprettholder dine Holdninger hvis du er for-
nøyd med dem.

HOLDNINGSENDRING
Så lenge den ensidige frasen: "Hva kan jeg tjene på det?" får første
prioritet, skjer ingen verdifull fremdrift.
"Hva kan jeg bidra med?", i fornuftig balanse med "Hva kan jeg
tjene på det?" er en bedre vei fremover.
Februar 2019

PRESTISJE

April 2013

Her dreier det seg om egen anseelse og da blir det både svært personlig og vanskelig.

Det er dessverre slik at det som blir personlig lett kan utvikle seg til å bli ubehagelig. Du tråkker inn i en beskyttet verden, en annens verden. Du tenker kanskje at du ikke har rett til å gjøre det, men er det riktig, eller har du det?

For noen har ordet prestisje i det daglige ingen mening i det hele tatt, mens for andre er det nettopp prestisje hver eneste time på dagen, året rundt, som teller. Det er den prestisjen jeg vil dvele litt ved.

Har opplevd flere sider av den og må innrømme at erfaringene ikke udelt har vært positive. Ikke fordi de har betydd noe for meg, men jeg synes å ha sett hvordan prestisjeopptatte mennesker seiler i sin helt egen verden. Om de er seg det bevisst eller ikke får være opp til den enkelte, og kanskje virker prestisjen som et beskyttende skall, noe man kan skjule seg bak for ikke å bli gjennomskuet? Kanskje det nettopp er prestisjen som får dem til å fungere i dagliglivet? I så tilfelle er det selvfølgelig godt for dem.

Det viktigste er ikke hva de selv representerer, men hva de mener det er viktig at omverdenen ser i dem. Det rare er at hvis de ikke møter mennesker med den samme oppfatning av prestisje som de selv har, så drar de til med hele våpenarsenalet, da gjelder det virkelig å etterlate seg et prestisjefylt inntrykk.

Er det for å imponere, eller igjen, er det for å skjule noe?

Det er ofte ikke grenser for hva man får høre og ofte er det visse yndlingstemaer hos den enkelte som går igjen og som det stadig refereres til.

Har tenkt på om det ligger noe dypere i dette. Er det slik at mennesker som, selv om de har fått med seg det meste i verden, allikevel mener det er viktig å gi inntrykk av at de har fått med seg mer enn de egentlig har. Er det et innebygget savn, og kanskje i tillegg behovet for å skjule noe, som må tilfredsstilles?

Dette har foreløpig dreiet seg om den prestisjen som går på det verbale, men det er bare en av en rekke nyanser av prestisje.

Uttrykk som; "Det gir vedkommende prestisje", eller, "Det er en prestisjefylt posisjon" taler for seg selv og dømmer ingen; brukt i slike sammenhenger legges det ingen negative tanker til grunn.

Hva så med den prestisjen som går på trender og status. Trender er vel egentlig noe som normalt hører med til den yngre generasjon og de er vel sjelden kommet så langt i livet at prestisjen slik jeg ser den, har fått rotfeste i bevisstheten. De skal bare ha det eller det fordi andre har det og fordi det er trendy.

Har nok litt problemer med å se forskjellen på prestisje og status, men, en forskjell må det vel være.

Kampen om en sosial status for eksempel, går mer på det at du gjerne vil leve opp til andres situasjon, et ønsket om å være på linje med?

Statussymbol heter det når du utad gjerne tilegner deg disse i form av prestisjefylte biler, båter etc. Den form for prestisje sitter nok svært dypt hos mange, men slett ikke hos alle.

Husker godt når min, den gang samboer og ett år senere kone, fikk sin første Hyundai Coupe i 1997. Hun kjøpte den etter min anbefaling. Jeg hadde vært på en runde blant Oslos bilforhandlere sammen med min svigersønn for å titte på utvalget. Husker ikke navnet på forhandleren, men vi fikk øye på en bil jeg synes så stilig ut, på parkeringsplassen utenfor. Den viste seg å være en Hyundai Coupe som tilhørte salgssjefen og var visstnok den eneste i sitt slag man hadde importert.

Snakket med min samboer i Spania samme ettermiddag på telefonen og hun gikk, uten at jeg visste det, straks i gang med lokale undersøkelser.

Hun fikk ved en tilfeldighet vite at en bilforhandler i byen Cuevas del Almanzora, en halvtimes kjøring fra der vi bodde, hadde fått agenturet på Hyundai. Hun bestilte bilen usett og fikk den levert allerede etter fjorten dager.

Overraskelsen var stor da hun møtte meg på flyplassen med sin nyanskaffelse, da mitt norgesbesøk var over. Hun hadde ikke nevnt noe for meg om kjøpet.

Hun har senere hatt to til av typen Coupe og skiftet bare for noen måneder siden til en mindre modell, i 30. Jeg har selv hatt to Hyundai Santa Feer, den siste hadde jeg i sju år og vi kan ikke nok få gitt uttrykk for hvor fornøyde vi er og har vært.

Jeg er ikke betalt av Hyundai for disse superlativer, selv om det kanskje kan virke sånn.

Nevner ikke hvilket bilmerke jeg kjører i dag, kanskje det kunne rokke ved min innstilling til prestisje.

Hvor kommer så prestisjen inn? Jo, det tok flere år før man i Norge snakket åpent om bilmerket Hyundai. Man så heller ikke mange på veien og det var så vist ikke noe prestisje eller status i å kjøre dette merket, nærmest flaut. Prestisje og status var å kjøre Audi, Mercedes og BMW; da mente man å være på den riktige siden.

Etter hvert kom det flere Santa Feer inn i drosjetrafikken og i dag snakker man antagelig om både Kia og Hyundai som kjørbare doninger, men prestisje er det ikke å kjøre noen av dem, i hvert fall ikke i Norge.

Nei, denne likhet eller forskjell på prestisje og status finner jeg visst ikke ut av, så jeg får prøve å holde meg til den rene prestisjen.

Kan ikke la være med å nevne et eksempel som må ha sittet svært dypt. En arbeidssituasjon som en venn av meg, en arbeidsgiver, en gang fortalte om.

I en vanskelig økonomisk periode var det nødvendig å gå til oppsigelser.

Vedkommende det dreide seg om og som hadde en høy stilling, hadde i mange år utført en upåklagelig innsats i firmaet, men så opprinner altså dagen hvor hans oppsigelse måtte komme. Vedkommende, som forstod den økonomiske bakgrunnen for at det måtte skje oppsigelser, kom med tilbud om både og gå drastisk ned i lønn og gjerne skifte stilling internt, men for all del, tittelen måtte han få beholde.

Her er jeg kanskje tilbøyelig til å trekke den slutning at det må ha vært hans sosiale status som sammen med prestisje lå til grunn.

Her er vi igjen, prestisje og status.

Mer jordnært, i 2002 skjedde det største oljeutslipp i Spanias, Portugals og Frankrikes historie, så langt. Hundrevis hvis ikke tusener av kilometer med strender ble tilgriset når den enorme tankeren brakk i to og gikk ned utenfor kysten av nordvest Spania. Tankerens navn var "Prestige" og 63000 tonn olje gikk til spille.

Prestisje gir etter min mening ingen garanti for noe som helst.

MINE TANKEVEKKERE OM PRESTISJE

PRESTISJE

Prestisje gir ingen garanti for noe som helst. Tankeren "Prestige" gikk ned i 2002 og 63000 tonn olje gikk til spille.

2013

PRESTISJEFYLT OG NÆRTAGENDE

Som Prestisjefylt blottstiller du deg ofte som nærtagende.

Januar 2019

POMPØS I

Opptrer noen mennesker Pompøst for å dekke over mindre-verdighetskomplekser?

Mai 2019

POMPØS II

Stakkars de som tror at respekten stiger i takt med deres Pompøse opptreden. Jeg tror de flestes oppfatning er det motsatte.

Nov. 2019

VILJE
Mai 2014

I motsetning til fysisk styrke ser jeg menneskets vilje som en utrolig resurssterk egenskap.

Et viljesterkt menneske får ofte den betegnelsen nettopp fordi vedkommende står for det å ha en sterk vilje.

Man må imidlertid først rydde av veien den viljen som dreier seg om trass eller stahet, den som oftest opptrer i barn og ungdomsalderen.

Ikke det at den forsvinner hos alle som et resultat av at man blir voksen, men for dem <u>det</u> gjelder følger det uansett problemer.

Den viljen jeg først tenker på er den positive viljen, den som driver tanker og meninger fremover mot nye høyder.

Viljen til å forstå er en av flere gode eksempler på den positive viljen. Kall det gjerne den banebrytende viljen.

Skal du nå mål du setter deg, uansett av hvilken karakter, må du ha viljen i orden.

Nå er det slett ikke slik at bare du har viljen i orden så når du alle de mål du setter deg.

Viljen er bare en av ingrediensene som må til, men kanskje den som til syvende og sist er en betingelse for å drive tanker og meninger fremover.

Tilbake til en av de positive viljene, viljen til å forstå.

For meg står det helt klart at ingen utfordringer kan løses uten at man har vilje til å løse dem, og skal man kunne løse dem må man forstå dem og de som er involvert.

Viljen er en kraft, som riktig utnyttet er utrolig sterk.

Lyser du av positiv viljestyrke har du som regel også forståelsen i orden.

Det er slike mennesker som er med på å drive tanker og meninger fremover.

Men, og det er viktig, det må være positiv naturlig vilje, ikke den som er påtvunget.

Viljen i seg selv kan naturlig nok, hos enkelte, være destruktiv og utslettende, hvis den settes i sammenheng med negativitet – negativ vilje.

I denne sammenheng dreier det seg om viljesvake eller viljeløse mennesker. Lite positivt kan komme som et resultat av å være viljesvak eller viljeløs.

Hvordan disse uttrykkene benyttes i det daglige har jeg liten erfaring med. Antar at uttrykkene i og for seg er ganske like når de blir fremført, men at de allikevel har forskjellig tyngde.

Er du viljesvak er i hvert fall viljen til stede, enn om den ikke er særlig sterk. Er du derimot viljeløs, betyr det at du er blottet for vilje og i så tilfelle ligger du ikke særlig godt an til handling.

Når det gjelder vilje og forståelse blir det da slik at den viljesvake vil ligge dårlig an når det gjelder forståelse, mens den viljeløse vil være blottet for den egenskapen.

Nå ja, dette blir det selvfølgelig mye teori av. Hvordan de forskjellige av oss opplever viljen i dagliglivet forblir vel noe vi ikke bryr hjernen for mye med i utide. Det er nok av andre ting den skal bakse med.

**

MINE TANKEVEKKERE OM VILJE

VILJEN ER FUNDAMENTAL

Viljen til å forstå er Fundamental. Er Viljestyrken sviktende fordi forståelsen uteblir, blir resultatet haltende.

Mai 2014

VILJEN TIL Å VINNE

Det er lett å minne seg selv om at V i Viljen er den første bokstaven, på samme måte som at å Vinne starter med en V. Det er nettopp det det dreier seg om. Mangler du Viljen til å Vinne, er det som å gi opp.
I denne sammenheng dreier det seg om å Vinne over utfordringene.

Januar 2019

VILJE OG UVILJE

Den positive Viljen og Viljen til å forstå er de viktigste Viljene - mens Uviljen alltid vil være negativ.

VILJE TIL Å FORSTÅ

Viljen til å Forstå samt ønske og tro på at du skal lykkes, er en betingelse for å nå frem.

SELVBEDØMMELSE OG SELVKRITIKK
Desember 2018

Kan det være mulig at dette emnet kom til meg helt av seg selv, eller ble det trigget av noe helt spesielt?

Egentlig spiller det ingen rolle. Typisk et eksempel på noe som har ligget og ulmet, noe som underbevisstheten i all stillhet har arbeidet med over tid.

Toleransen har naturligvis i lang tid blitt satt på prøve og alle former for kompromiss man råder over har også blitt pleiet.

Hvis jeg ikke umiddelbart skyter inn at en sak eller oppfatning minst har to sider, eller parter, og at jeg er meg dette helt bevisst, vil hvem som helt kunne si at her dreier det seg ikke om en objektiv oppfatning, men en ens-styrt subjektiv vurdering.

Klart at jeg når jeg føler meg presset heller ikke er den enkleste, men jeg har i det minste en vilje til å forsøke å bygge broer.

Hvordan du ser på deg selv eller bedømmer deg selv varierer nok ganske sterkt, ettersom vi alle er forskjellige.

Hovedtrekket er vel allikevel at vi generelt tillegger oss bedre egenskaper enn vi har, at vi mener vi er litt bedre enn vi egentlig er og at vi har et klarere syn på det meste enn de fleste. Her strutter det av gjødsel for selvoppholdelsesdriften.

Hva så med selvkritikken? Klart de fleste av oss mener vi er selvkritiske. Vi liker jo generelt ikke å bli kritisert, men kritiserer vi oss selv blir det jo bare mellom oss og vår egen samvittighet.

Ingen får vite hvor du egentlig står. Mye god beskyttelse i det, du blottstilles ikke så lett.

Mange befinner seg i en slik verden. De skjermer seg på den måten fra omverdenen og tror derved at alt er skjønt og grønt, og for dem det gjelder er det slik. De forblir ofte i sin egen verden, finner sin plass i hierarkiet og fungerer utmerket i helheten.

Det er områder hvor jeg mener det spesielt er på sin plass at du utøver en smule selvkritikk og det er når det gjelder din oppførsel i det daglige. Spør deg selv om du er et menneske som vanligvis tar hensyn til andre? Tenk deg grundig om, her gjelder det ikke å dekke et stort område.

Fra du starter dagen til du går til sengs møter du en uendelighet av situasjoner hvor du bevisst eller ubevisst legger igjen et inntrykk av din personlighet. Andre bedømmer deg på bakgrunn av din handlings og væremåte. Har du den holdning at det bryr du deg ikke om, kan du heller ikke forvente annet enn generell negativitet til din personlighet.

I denne sammenheng er det utrolig hvor stor betydning det ekte smilet har. Det koster så lite men gir så mye, ja, jeg velger å påstå at det skal uendelig lite til for å bli oppfattet som et hensynsfullt menneske.

Ikke at du på noen måte skal forvente at noen gir deg dette på skrift, men den garantert mest verdifulle gevinsten du kan få, er din egen god-følelse av å vite at du generelt blir oppfattet som ett hensynsfullt menneske.

La nå endelig ikke dette gå deg til hodet, du vil få mange negative følelser av ikke å bli oppfattet som den du ønsker å være, men det er jo ikke ditt problem hvis du ellers er fornøyd med det oppriktige forsøk du har gjort på å opptre mer hensynsfullt i det daglige.

MINE TANKEVEKKERE OM
SELVBEDØMMELSE OG SELVKRITIKK

SELVBEDØMMELSE

Generelt tillegger vi oss bedre egenskaper enn vi har, at vi er litt bedre enn vi egentlig er og at vi har et klarere syn på det meste enn de fleste.

Des. 2018

SELVBEDØMMELSE OG SELVKRITIKK

Den beste måten å bli et bedre menneske på, er ærlig Selvbedømmelse sjekket gjennom Selvkritikk.

Desember 2010

SELVBEVISST

Ingen av oss kan noe for at vi er som vi er, men det hadde antagelig blitt lettere i mange sammenheng hvis vi hadde vært litt mer Selvbevisste.

Sept 2019

SELVBEVISSTHET

Det å være Selvbevisst, er ikke på noen måte det samme som å være egoist.

Mai 2019

FORSTÅELSE I

Oktober 2013

Tenk hvilken forskjell det ville bli hvis vi mennesker en dag virkelig forstod hverandre.

Selvfølgelig er dette ikke sort hvitt, vi forstår selvfølgelig hverandre når det gjelder det meste, i hvert fall når det gjelder de store linjene. Nyanser og tvister oppstår ofte som et resultat av at vi mener å ha forståelse, men så har vi det ikke allikevel. Spesielt gjelder dette når det kommer til detaljer og små men viktige nyanser. Nødvendigvis ikke noe galt ment fra noen av partene, men det er ofte bare slik at nyanser i oppfattelsen gjør at det ikke blir den helt riktige forståelse.

Ligger det så i dette postulat at vi generelt ikke forstår hverandre og at det ville bli en vesentlig forskjell den dag vi mennesker virkelig forstod hverandre? Ja, jeg mener bestemt at vi i for stor grad ikke forstår hverandre og at det fører til uanede utfordringer så vel i våre snevre dagligliv som i en større nasjonal, internasjonal og global sammenheng.

Først må det en erkjennelse til når det gjelder hva som menes med å forstå hverandre.

Det går ikke her på så enkle ting som forskjellig språk og at det i den sammenheng ofte sniker seg inn misforståelser, noe som i seg selv kan være grobunn for uenighet. Dette selv om begge parter i en kommunikasjon tilsynelatende snakker samme språk.

I enkel kommunikasjon er det klart at hovedlinjene stort sett forstås.

Det er nyansene og detaljene som ofte teller mer enn man aner, også i denne sammenheng. Det er dette vi må erkjenne hvis noe av innholdet i denne refleksjonen skal ha mening.

Vi må erkjenne at går vi i dybden i en kommunikasjon, skjer det lett at viktige detaljer og nyanser nedtones eller forsvinner og at den dypere mening ikke kommer tydelig nok frem, eller, sagt på en annen måte, kommer til forståelse.

Er årsaken den at det hele blir for komplekst? Hvis det er tilfelle, burde det ikke da være motsatt? Mange oppfatter ikke dette og bra er sikkert det, for vi skal vel ikke alle fordype oss for mye i detaljer.

Jeg har en del egenerfaring på dette med forståelse når det gjelder forskjellig språk.

Min kone gjennom de siste femten år er sveitsisk, og ettersom hun er fra Genève er hennes morsmål fransk.

Jeg snakker ikke fransk og har av forskjellige grunner heller aldri hatt særlig sans for å lære meg dette språk, så vår kommunikasjon går på engelsk, et språk som for oss begge i livets utgangspunkt var ukjent.

Hun har riktignok bodd i Spania i vel førti år og tidligere vært gift med en engelskmann i vel tjue av dem, mens engelsken for mitt vedkommende stammer fra skolen, opphold i utlandet og senere forretningsliv.

Hennes vokabular er rimelig stort, mens mitt nok er mer begrenset. Ikke desto mindre går kommunikasjonen etter min mening svært bra i det daglige.

Nå er vi jo også for lengst havnet i kategorien "vintage", og det har utvilsom sine positive sider når det gjelder kommunikasjon, fordi modenhet ofte også medfører at man tilegner seg en større grad av toleranse.

Om ikke andre mener det så gjør man det i hvert fall selv.

Det blir lett å finne forståelse for misforståelser når man kommuniserer på et språk som for begge er tillært, og man, det vil i denne sammenheng bety begge, er utstyrt med en klype fleksibilitet.

Forståelse er nødvendigvis ikke alltid positiv. Såkalte forstå-segpåere er for eksempel ikke nødvendigvis udelt sympatiske, men det betyr selvsagt ikke at folk uten forståelse, på noen måte automatisk kan stemples som sympatiske.

Uttrykk som: Jeg har forståelse for dine synspunkt, eller lignende, benyttes ofte i diplomatisk sammenheng. Der dreier det seg om å tilnærme seg hverandre gjennom å gi og å ta.

Resultat gjennom forståelse og tilnærming, gjør detaljer og nyanser viktige.

Kan vi så lære å forstå hverandre bedre? For meg står det helt klart at vi kan det, hvis vi bare først erkjenner at det ofte er forståelse for detaljer og nyanser som skal til for å oppnå en balansert kommunikasjon.

Er du deg bevisst kan du i mange sammenheng, gjennom å søke gjensidig forståelse, komme et godt stykke videre mot enighet, men lett er det ikke.

Forøvrig skal vel ikke målsettingen være at vi skal være enige i alt.

***

MINE TANKEVEKKERE OM FORSTÅELSE I

FORSTÅELSE OG AVGJØRELSER

Alle Avgjørelser, hvis de skal ha noen verdi, må være basert på For-
ståelse, altså på viljen til å Forstå det saken gjelder samt partene
som er involvert.

Mars 2013

FORSTÅELSE I

Den som tror jeg ikke vet det - har definitivt ikke Forstått -
at ting har fått skje som jeg godt kunne se skulle stoppes.
Hvis det ikke var for nettopp det - at utvikling skjer ved vidsyn og
offer - ikke med nøkterne bremser som stopper. Det har kostet å så -
kanskje lite å få - men alt veies opp mot det å Forstå.

FORSTÅELSE II

Et kjent uttrykk er at de farligste er de som selv ikke Forstår at de
ikke Forstår. Det betyr imidlertid ikke at man er ufarlig, selv om
man innrømmer at man ikke Forstår.

Nov. 2019

FORSTÅELSE III

For den som ikke Forstår, eksisterer ikke problemer.

Juli 2019

KOMMUNIKASJON OG STEMMEN

April 2013

Kommunikasjon er stort sett hva du gjør det til, i hvert fall til en viss grad. Jeg tenker i denne sammenheng på den verbale kommunikasjonen.

Den beste beskrivelsen av ordet kommunikasjon er etter min mening: "den prosessen som har tankenes enhet som mål", hentet fra Wikipedia. Det finnes en lang rekke flere beskrivelser naturligvis, tenk bare på hvor allsidig kommunikasjonen er, det være seg uansett i hvilken kontekst.

Som nevnt i andre sammenheng er jeg gift med min Sveitsiske kone Marianne. Vi har nå i mai vært gift i femten år og ettersom min spansk, hun snakker flytende spansk, er rimelig rusten og jeg ikke snakker Fransk som er hennes morsmål, har vi alltid oss imellom kommunisert på engelsk.

Selv om jeg er engelsk statsborger så har jeg hele mitt liv hatt Norge som base og har derfor bare skoleengelsk som utgangspunkt og vanlig skole ble det ikke for mye av.

Uansett, en helt super kombinasjon.

Selv om man selvfølgelig er blitt mer tolerant og forståelsesfull i relasjon til sin samlivspartner ettersom årene har modnet en, er det få som vil tro meg når jeg sier at vi i disse snart femten år knapt nok har vært i nærheten av det jeg vil karakterisere som en krangel.

Svaret ligger blant annet i den redningsplanken man har når man kommuniserer på et språk som ikke er ens morsmål.

"I must have misunderstood what you meant". Dette viser som man forstår ens evne til toleranse, men gir samtidig den bedre halvdel en sjanse til å glatte det over med; "yes, I understand that you must have misunderstood. What I really meant was….". Er dette kommunikasjon? Uansett, ingen av oss behøver å føle nederlag eller miste stoltheten; er ikke vi heldige?

Jeg håper ingen tar meg for bokstavelig i dette, er nok antagelig ikke på langt nær så enkelt. Tror ikke et dårlig fundament
kan reddes på denne måten.

Kommunikasjonen favner som sagt uendelig vidt.

Stemmen i seg selv, benyttet som verbal uttrykksform, er
desidert den mest anvendelige form for kommunikasjon og
det er etter min mening også her stemmens fullkommenhet
kommer til uttrykk.

Et ord, en setning med forskjellig tonefall, tolkes forskjellig.
Spesielt skjer dette når man ikke ser den som snakker. Glede,
sorg, forventning og spørsmål, alt uttrykkes i en kombinasjon
av ordbruk og tonefall.

Tonefallet uttrykker ofte bedre enn ordene, selve sinnsstemningen.

I forbindelse med en tidligere refleksjon, en jeg laget om
smilet, blandet jeg inn både stemmen og øynene, fordi jeg stilte spørsmål om smilet egentlig kunne stå alene, eller om det
måtte ses i sammenheng med for eksempel stemmen og øynene.

I den sammenheng følte jeg at det var naturlig å stille spørsmålet, men når det gjelder stemmen, kan den definitivt stå på
egne ben og gjør det ofte.

Ikke minst hver gang man ringer. Alt etter samtalens karakter, formes intuitivt stemmen etter det budskap man ønsker
overbrakt.

Svarord, uttrykt på forskjellig måte, kan gi deg alt fra den
sterkeste frykt til den største glede.

Dette guddommelige instrument kan spille på et uendelig

antall strenger.

Selv dyr er meget vare for dette instrumentet. Ingen tror vel at de forstår språket de blir tilsnakket på. Nei, selvsagt reagerer de på stemmen som sådan.

Vi er kanskje alle for lite bevisst når det gjelder bruk av stemmen, eller er det kanskje nettopp det vi er?

Burde man ikke alltid, og da spesielt når man snakker i telefonen, bevisst tenke på hvordan ens stemme blir tolket av den man snakker med. Spesielt viktig blir kanskje dette når det gjelder mennesker som er nær knyttet til hverandre og hvor hårfine nyanser er av betydning.

Jo lenger man er fra hverandre, jeg tenker i denne sammenheng på geografisk atskillelse, jo mer betydning føler jeg at man bør legge i dette.

Stemmen er også et betydningsfullt våpen og svært allsidig, brukt som sådan.

Det pussige er at nettopp brukt som våpen, er kanskje stemmen det beste i sitt slag, noe som i motsetning til andre virkemidler kan ha sin største betydning når den ikke blir brukt.

Er det ikke noe som heter "å tie i hjel"?

Stemmen kan både elske og hate, men du må ikke la deg forlede til å tro at den arbeider på egen hånd. Selvfølgelig snakker noen uten å tenke, men det er ikke det jeg mener.

Nei, stemmen vil for all tid forbli et instrument og som sådan være underlagt hjernen.

Min personlige erfaring når det gjelder kommunikasjon har gjennom årene vært allsidig, i den forstand at jeg som arbeidsgiver har hatt nær kontakt med ansatte på alle trinn og av begge kjønn. Bare sjeldne ganger var det, så vidt jeg husker, nødvendig å innse at kommunikasjon ikke førte frem.

Selvfølgelig klarte jeg ikke alltid å leve opp til det som var min firma-policy, den at enhver ansatt bør ha rett til å få vite så mye om driften, at selv om vedkommende ikke alltid var enig i avgjørelser og målsetting så skulle de, hvis de var interessert, i hvert fall ha grunnlag for å forstå motivene.

Det var klart ikke slik det lød i den interne firma-policy jeg den gang skrev, men den er dessverre gått tapt på veien.

I dag lyder det helt på siden med slike idealer i næringslivet vil jeg tro, holdninger som dette finner antagelig liten forståelse i dagens personalforvaltning.

I familiesammenheng var nok erfaringene, spesielt i mine yngre dager når det gjaldt kommunikasjon, noe annerledes.

Jeg ble til tider beskyldt for å være feig når jeg ikke gikk inn i, etter min mening, enveisstyrte argumentasjoner hvis utfall var avgjort lenge før kommunikasjonen startet. Det er noe med at; "der hvor intet er å hente, har selv Keiseren tapt sin rett".

Heldigvis hørte disse situasjonene til sjeldenheten, men de brant seg fast.

Forvrenging av sannheten eller total ensrettet holdning gjør kommunikasjonen vanskelig, om ikke umulig, og det samme når det gjelder uberettiget skyld. Fortvilelsen tårner seg opp og det er da man ikke ser annen utvei enn å gå på kompromiss eller gi opp.

Mange vil sikkert av dette trekke den konklusjon at jeg heller ikke kan ha vært enkel å ha med å gjøre, noe jeg selvfølgelig har full respekt for.

Jeg tror imidlertid ikke disse forhold har satt for dype spor, men det er nok sår som ikke har vært enkle å lege.

Jeg skynder meg å tilføye at jeg generelt har et utmerket forhold til mine omgivelser, så i denne sammenheng snakker jeg om snøen som falt for mange år siden.

Hvis bare grunnlaget mellom partene ikke er totalt ute av balanse, bør det være mulig gjennom kommunikasjon å oppnå enighet.

***

MINE TANKEVEKKERE OM KOMMUNIKASJON OG STEMMEN

KOMMUNIKASJON I

*Den høyeste form for Kommunikasjon er den som selv den forutset-
ningsløse kan benytte og ha glede av.*

1989

FEIGHET

*Er du Feig når du unngår konfrontasjon med elementer som du av
erfaring vet kan være kompromissløse?*

Juni 2019

KOMMUNIKASJON II

*Du bedrer forståelsen hvis du erkjenner at det ofte er detaljer og
nyanser som skal til for en balansert Kommunikasjon.*

Oktober 2013

SNAKKESALIG OG LYTTENDE

*Som Snakkesalig går alt ut mens lite kommer inn.
Som en god Lytter kommer alt inn, mens kun det som er av verdi
for vedkommende forblir der. Kombinasjonen av å være Snakkesa-
lig og samtidig en god Lytter er en kunst.*

Sept. 2019

STAHET

Mai 2012.

Jeg vil ikke umiddelbart karakterisere stahet som en sykdom på linje med hva jeg mener ekstrem sjalusi kan være. Her som ellers er det mange grader og nyanser.

Den enkle velkjente stahet som vi alle i en eller annen grad besitter, og til tider anvender, er av en relativt uskyldig karakter.

Ja, den kan både være humoristisk og sjarmerende og er en del av alles daglige liv og samhørighet.

Vi kan også enkelt hoppe bukk over den stahet som barn benytter for å tiltrekke seg oppmerksomhet. Den er en naturgave og en forutsetning for utvikling. Den er heller ikke på noen måte skadende, men selvfølgelig har den en sterk innvirkning på barnets oppdragelse.

Blir skriket gjentatte ganger honorert for å oppnå familiefred sier det seg selv at man er på gal vei, men det er klart at her som ellers er en balanse nødvendig.

Som vi vet er sort eller hvitt ikke alltid en farbar vei. Kanskje tilsynelatende den enkleste, men ikke på noen måte den som er den mest utviklende.

Alt hittil nevnt kan sikkert de fleste av oss enes om, dagliglivet trenger å krydres litt for å fungere.

Verre blir det når staheten hos noen blir en form for besettelse, en dreining mot det fanatiske. Mot alle odds og fornuft og med totalt manglende respekt for logikk og virkelighet, er det mange som stevner frem uten tanke for den turbulens det fører med seg, overfor, i denne sammenheng "normale" mennesker som nettopp benytter disse sansene for å navigere seg frem i sin daglige tilværelse.

Spesielt ille blir dette for mennesker med en utpreget rettferdighetssans. Det hele blir satt på hodet når vanlige verdinormer tilsidesettes på en så brutal og ulogisk måte.

Ofte fører resultatet dessverre til midlertidig kommunikasjons-brudd og det som verre er.

En total følelse av oppgitthet på den berørtes side, mens initiativtager med denne nok noe ekstreme variant av stahet, seiler videre i sin egen tilværelse som om intet har hendt.

Man må spørre seg om det virkelig er mulig at noen er så virkelighetsfjerne at de ikke selv forstår hva de har satt i gang.

Eller kan det være slik at de mener at dette er et middel som med hell kan benyttes for å oppnå endrede forhold, ting eller situasjoner?

Begge kan sikkert være dekkende.

Ville det ikke være enkelt for den berørte bare å tenke at, pytt, dette er så vanvittig at det bare kan seile, for så å ta det hele med et stort smil som et middel til å avvæpne situasjonen?

Hvis du kjenner deg igjen når det gjelder dette vil du nok si at selvfølgelig har jeg prøvd den veien, men det får være grenser for hvor langt jeg kan strekke meg når situasjonen gjentar seg flere ganger i trekk og over lengre tid.

Den som har giddet å lese så langt må antagelig nå spørre seg selv om den som har skrevet dette har hatt noen skremmende eksempler å vise til når det gjelder stahet - og det har han.

***

MINE TANKEVEKKERE OM STAHET

STANDHAFTIGHET II

Står valget mellom flere, som tilsynelatende står likt, bør man satse på den mest Standhaftige i betydning karaktersterk og utholdende.

Mai 2019

STAHET I

Den verste Staheten er den som for noen blir en besettelse, en dreining mot det fanatiske.

2016

STAHET II

Stahet kan lett føre til kommunikasjons-brudd og det som verre er.

2019

STAHET III

Noen benytter stahet som middel for å oppnå endrede forhold, ting eller situasjoner.

2020

ÅPENHET

April 1994

Etter min mening er vi mennesker ikke særlig åpne.

Enkelte synes nok de er det - men det er de ikke - innerst inne.

Vi er beregnende i det meste vi gjør - det strider mot åpenhet.

Ekte åpenhet finner vi bare i naturen. Der legges ingen beregninger til grunn for noe som helst.

Legg for eksempel merke til hvordan blomstene tiltrekker seg bien. Kronbladene som uforbeholdent gir slipp på blomstens indre - gir plass til bien - det er ekte åpenhet.

Selv har jeg to kraner. En hovedkran som sitter langt inne og som ofte er stengt, og den ytre, den som kontrollerer kretsløpet fra den indre til den ytre kranen.

Jeg er heldig som har det ytre kretsløpet.

Det virker nok på de som ikke kjenner meg som om jeg er åpen, noe jeg egentlig ikke er.

Jeg velger å tro at de fleste mennesker har disse to kranene. Det er viktig, svært viktig, at du kan skjerme deg, og som reven ha flere utganger fra hiet.

Åpenhet kan lett straffe seg - fortell alt og du står for hugg.

Det er bedre å la åpenheten komme i doser - se på reaksjonen.

Er det det?

Usikkerhet - skapes ikke det nettopp av manglende åpenhet?

Hvordan er det med dyreverdenen? Kan ikke forestille meg at en ku ute på et jorde holder noe tilbake i den hensikt å oppnå noe spesielt.

Ikke for det forresten, en hund som tigger, viser den åpenhet? Neppe - den har bare av erfaring lært seg at ved tigging oppnår den noe.

Det ligger sannsynligvis ikke til menneskenaturen å være åpen. Var vi det opprinnelig, eller har vi bare lært oss til ikke å være det?

Er det mer åpenhet i primitive samfunn? Etter min mening er det logisk om det er det.

Vi lever i et lukket samfunn sies det.

Er det en betegnelse på det at vi ikke slipper andre inn, eller ihvertfall i liten grad gjør det?

Når lediggang sies å være roten til alt ondt - kunne da åpenhet være roten til det gode?

Bare ikke la det bli for åpent. Det er greit å ha litt i bakhånd i tilfelle åpenheten blir misbrukt.

**

MINE TANKEVEKKERE OM ÅPENHET

ÅPENHET
Ekte Åpenhet finnes bare i naturen.
Der legges ingen beregninger til grunn for noe som helst.
2017

LYTT TIL VERDEN
Lytt til verden. Fordøy hva du hører, bruk det du finner verdifullt
og gjør det beste ut av situasjonen.
Juni 2019

ÅPENHET OG USIKKERHET
Usikkerhet er ofte resultatet av manglende åpenhet.
2019

BLOTTSTILLE
Er det kun dumme mennesker som blottstiller seg,
eller er det et symbol på trygghet og ærlighet?
April 2020

ÆRLIGHET

September 2012

Det er på høy tid at jeg nå griper tak i ærligheten og at jeg endelig får hull på denne, for meg, verkebyllen.

Helt siden jeg begynte å jobbe, og det er nå riktig mange år siden, har jeg irritert meg grenseløst over uttrykkene: "Skal jeg være ærlig", "I ærlighetens navn" og "Ærlig talt". Dette har i alle år ikke bare irritert meg, men til tider gjort meg rasende, for et mer idiotiske uttrykk i den sammenheng de normalt benyttes, kan jeg ikke forestille meg.

Hvordan i all verden kan man feste tillit til en person som bruker denne form for fraser?

Det vedkommende jo klart sier er at normal er jeg en totalt uærlig person men i dette tilfelle skal jeg gjøre et unntak, nemlig å være ærlig. Sprøyt og atter sprøyt.

Nå er det selvfølgelig mange som leser dette, som tar seg selv i det, vel vitende om at de selv benytter uttrykket. Til dere kan jeg kun si: slutt å bruke det med en eneste gang.

Neste gang du hører noen uttrykke seg, så følg med. Du vil bli forbauset over hvor mye uærlighet som fremkommer.

Så kan man jo bare glatte over det hele å si at det tross alt bare er en uttrykksform.

Jeg klarer bestemt ikke å ha den innstillingen.

Mens jeg er i gang er det naturlig å ta med uttrykket: "når sant skal sies".

Hva i all verden mener man med det? Skal sannheten normalt ikke være i høysetet?

Er det slik at du vanligvis ikke skal være troverdig, at sannheten ikke skal frem? Skal den spares og bare trekkes frem ved spesielle anledninger?

Verden er i denne sammenheng, etter min mening, gått helt av hengslene.

Typisk en gammelmanns uttrykksform kan du si. Ja vel, men har du den innstillingen betyr det at du enten er likegyldig overfor ovenstående, eller at du godtar det.

Glem ikke at det kommer noen etter oss. Hva skal de tro og mene hvis vi ikke gir dem retningslinjer?

Vel, vel, talemåter vil mange unnskylde det med.

Uansett, dette gjenspeiler seg etter min mening på alt for mange måter i den daglige kommunikasjon.

Vi vil, de fleste av oss, kjempe for talefrihet. I demokratiets ånd ønsker vi det.

Samtidig opplever vi at alt dette er blitt for komplisert.

Dansker laget karikaturtegninger som støter Profeten Mohammed, mens en video produsert i disse dager er støtende for de som tilber profeten og har ham som forbilde. Hevnaksjoner med opptøyer og drap følger.

Vi lever i en verden som gir oss innsikt i alt vi måtte ønske. Hele verden er åpen for oss hvis vi er interesserte.

Hvor mange religioner og trossamfunn har vi på denne planeten? Videre, hvor mange sekter har vi med spesielle oppfatninger av hva livet bør og skal bestå av.

Spørsmålet blir til slutt og det har antagelig alltid vært sånn, hvem er sterkest, hvem vil vinne og hvilke midler vil de bruke for å vinne; eller i hvert fall rykke opp i rekkene av de foretrukne religioner og avarter av disse?

Uansett, "skal jeg være ærlig", mener jeg at enhver av oss bør få leve som vi ønsker, så vi kan gjøre det beste ut av våre liv her på jorden, alt ut fra våre forutsetninger. Men det er altså "når jeg skal være ærlig".

Denne siste fikk antagelig en slagside.

Hva mener jeg i denne sammenheng hvis jeg skal være uærlig? Hadde jeg hoppet bukk over den første "skal jeg være ærlig", tror jeg min fundamentale innstilling ville oppfattes krystallklart.

Konklusjon, eller skulle jeg heller skrive: "min ærlige konklusjon?"

Uansett, jeg mener at enhver av oss bør få leve som vi ønsker, så vi kan gjøre det beste ut av våre liv her på jorden, alt ut fra våre forutsetninger.

***

MINE TANKEVEKKERE OM ÆRLIGHET

ÆRLIGE FØLELSER

Ærlige Følelser bør respekteres - og behandle varsomt.

ÆRLIGHET I

Ærlighet har ingen konkurrenter.

ÆRLIGHET II

Ærlighet er ikke å forakte. Mistenksomhet og sjalusi er gift og kan være snikende farer på livets vei. Setter man imidlertid Ærlighet på dagsordenen og trekker inn en god dose toleranse og respekt for hverandre, kan mange av livets skarpe hjørnes rundes.

Fra en bryllupstale i 2005

ÆRLIGHET OG LØGN

*Fokuserer man på Ærlighet og gir den full støtte
- vil Løgnen trekke seg tilbake uten kamp.*

INSPIRASJON

Juli 1994

Et merkelig ord - hvor kommer det fra, ordet altså?

Selvfølgelig latin - står forklart med: Innlesing, innånding, oppfattelse, begeistring, guddommelig innskytelse. I min oversettelse - som å motta noe.

Ja, hvor får man inspirasjon fra? Får vi alle inspirasjon eller er det prisgitt bare noen ganske få?

Uansett, alle har behov for inspirasjon i blant, eller hva?

Inspirasjon må etter min mening være noe du selv til en viss grad kan skape.

Du kan ikke bare sitte der å vente på at inspirasjonen skal komme. Du må der, som blant annet i markedsføring, drive oppsøkende virksomhet for å oppnå resultat. Ordrene kommer ikke bare spaserende av seg selv.

Inspirasjon til hva, eller for hva?

Vi er vant til at kunstnere må ha inspirasjon for å kunne yte, vi er liksom vokst opp med det.

Hørte for eksempel forleden dag at Grieg komponerte noen av sine beste verk i en liten stue inne i Utne. Der fant han øyensynlig verdifull inspirasjon. Tror ikke inspirasjonen bare kom til ham, han søkte den sikkert, nettopp der i de naturskjønne omgivelsene.

Komponisthytten hans, det lille huset nede ved vannet, bare et stenkast fra hovedhuset, har vel de fleste hørt om.

Thaulow sin unike gjengivelse av vannets bevegelse, inspirasjonen?

Han tilbrakte visst uendelig mye tid i kulde "on sight". Inspirasjon kan koste.

Er inspirasjon synonymt med skaperevne? Man slenger ellers så enkelt ut at et eller annet som er vellykket består av 10 % inspirasjon og 90 % transpirasjon.

Godt mulig det og for meg kunne transpirasjon-prosenten gjerne øke til 99%.

Uansett, vi må bare erkjenne at inspirasjon er en nødvendig faktor, at lite eller intet kan skapes uten inspirasjon, men igjen, hvor kommer den fra?

For noen kanskje i form av en åpenbaring, eureka. I denne sammenheng finner jeg det naturlig å bringe inn vår medfødte nysgjerrighet som et element.

Ikke den vanlige form for nysgjerrighet, den hvor du stikker din nese inn i andres saker, men den form for nysgjerrighet som består av at du gjerne skulle vite hva som skjuler seg bak det neste hjørnet.

Du stiller med åpne sanser, du er reseptiv, det kommer som vi vet intet inn i en lukket hånd.

Det blir som med trakten, jo videre den er jo mer favner den. Er du deg dette bevisst så får du på en måte samlet ingredienser, eller sagt på en annen måte, samlet frø som kan spire.

Kanskje er nettopp dette inspirasjon.

Den beste inspirasjonen kommer muligens fra andre mennesker. I denne sammenheng er det ikke spørsmål om blind tilbedelse av mennesker med autoritet og kraft.

Vi er ikke alle like. Det fins mennesker med spesiell utstråling og kraft og som ikke misbruker den.

Hvorfor er hun eller han inspirerende å snakke med? Hvorfor var det et inspirerende møte?

Lar man seg drive med, lever man seg selv inn i ...? Er det når det skjer at man får inspirasjon? Stort sett føler jeg at livet i seg selv er den viktigste inspirasjon.

MINE TANKEVEKKERE OM
INSPIRASJON

INSPIRASJON I
Etter min mening er Livet i seg selv den viktigste Inspirasjon.
1994

INSPIRASJON II
Du kan ikke bare sitte der å vente på at Inspirasjonen skal komme.
Du må, som blant annet i markedsføring, drive oppsøkende virk-
somhet for å oppnå resultater. Ordrene kommer normalt ikke bare
spaserende av seg selv.
Juli 1994

INSPIRASJON III
Hvis du har et åpent sinn er du mottagelig.
Ingenting kommer inn i et lukket sinn som vi vet.
Det er som med en trakt, jo større åpning desto mer går gjennom.
Hvis du har det i tankene kan du på en måte samle ingrediensene,
eller sett annerledes, frøene som vil spire.
1994

INSPIRASJON OG ASPIRASJON
Inspirasjon til å kreere eller skape noe er en vesentlig ingrediens for
Aspirasjon - som er ønske om å oppnå noe du har satt deg fore.

SANNHET

Mars 2014

Når du hører uttrykket: "sannheter er", skal du være på vakt.

Alle som benytter denne frasen, mangler etter min mening forståelse for realiteter.

Hvis ikke den som har benyttet uttrykket: "sannheten er …", umiddelbart etterpå tilføyer: "etter min mening", mangler uttrykket enhver form for tillit. Hva som er sant og hva som ikke er det, forblir dessverre for mange et svært tøyelig begrep.

Uttrykket "sannheten er…", er like håpløst som det jeg tidligere har beskrevet i en refleksjon som fikk navnet: "Skal jeg være ærlig".

Det er lett å blande bruken av ordene: "sannhet og ærlighet." De hører på mange måter sammen, men gjør det selvfølgelig ikke.

Jeg har aldri hørt noen si: "Dette er min ærlige sannhet". Hvis det var tilfelle, må vel meningen ha vært å understreke sannheten?

Tenke seg til. Først slår man fast at i denne sammenheng er man "ærlig", underforstått at det er man ikke alltid. Deretter begår man en utvilsom feil ved å slå fast: "sannheten", uten forbehold. Sannheten for hvem? Nettopp her kreves en tilføyelse som for eksempel: "etter min mening".

Vel, etter min mening er det allikevel stor forskjell på ordet: "sannhet" og "ærlighet".

Sannheten, selv om den av mange i daglig praksis omhandles svært slurvete, er selvfølgelig ikke tøyelig, den er sort eller hvit. Enten er det sant eller så er det ikke sant, altså usant.

Klar det, men hvem sitter inne med den riktige sannhet, og

hva så med den beviselig riktige sannhet?

Her står vi overfor: "den riktige sannheten" og den "uriktige sannheten."

Det nærmeste eksempel jeg kan komme på - til å sette denne: "uriktige eller riktige sannhet" i et lys hvor det blir mer forståelig for deg, er ved å ta en titt på det media som antagelig i dag dominerer og påvirker oss mest i det daglige, nemlig TV.

Selvfølgelig har vi også dagspressen, som i trykket forstand antagelig ikke øker i særlig grad, samt en rekke andre sosiale medier som stadig blir mer benyttet i forbindelse med utbredelsen av den moderne teknologi.

Alt dette blir det imidlertid alt for omfattende å gi seg i kast med i en liten refleksjon som denne.

Jeg holder meg til TVen og forestiller meg at vi i den store verden må ha tusenvis av TV kanaler tilgjengelig.

Jeg hopper bukk over de land som kun arbeider med statsstyrt TV. Der er det vel selvsagt at den: "riktige sannheten" aldri kommer folket til gode?

Med tusener av TV kanaler sier det seg selv at det er like mange påvirkningsmuligheter som det er kanaler.

Bare i EU er mer enn 6000 TV kanaler tilgjengelig.

Nå er det slett ikke slik at alle disse formidler nyheter, eller på noen måte driver bevisst påvirkning av oss mennesker, men innen alle genere fokuseres det i en eller annen form på hva som er: "sannheten". Alle vil gjerne være sannhets-bringende, og noen mener også bestemt at de er de eneste som presenterer den: "riktige sannhet".

Jeg nøyer meg med ett eksempel, som jeg til gjengjeld synes er ganske graverende.

Ingen grunn til å legge skjul på hvilken kanal det dreier seg om – CNN. I aller høyeste grad en nyhets-kanal og til og med en som hevder at den er den største i verden. Vel her får man vite av en av journalistene, i ett av mange reklameinnslag for å fremheve kanalens egen fortreffelighet, at hun har en ny vri på sine reportasjer, nemlig at hun vil fortelle: "the truth", sannheten.

Godt, så vet vi det.

Det vesentligste når man behandler sannheten, er etter min mening at man ser den i sammenheng med objektivitet.

Den eller de som hevder at den TV kanal de representere står for: "den riktige sannheten", må i alle sammenhenger understreke at de presenterer sine informasjoner etter å ha foretatt en nøye objektiv vurdering. Det vil enkelt si at de har vurdert informasjonens sannhet sett fra utsiden, altså satt seg utenfor og gjennomgått alle sider av saken.

En ting er teorien med den objektive holdning til   sannheten, men har man tid til det, og er det egentlig så viktig?

Nyhetene skal frem og det gjelder å være først ute.

Riktigheten, altså: sannheten, joda, selvfølgelig er det viktig at det som presenteres er sant, men samtidig er det jo svært viktig at seertallet opprettholdes og økes, og det skjer kun hvis publikum føler at det leveres.

Det må heller ikke glemmes at det er et utall forskjellige typer TV kanaler. Mange av dem leverer stoff hvor betydningen av sannhet kanskje ikke ses på som så viktig.

Kanskje er det slik at alle kanaler på TV har sin egen norm når det gjelder sannhet. Dette bestemt ut fra eiernes egne forutsetninger, politiske holdning og økonomiske interesser?

Hvor blir det så av sannheten mitt opp i alt dette?

Såkalte: "autentiske" reportasjer må vel også nevnes i denne sammenheng.

Store norske leksikon skriver at: autentisk defineres som noe som er ekte, opprinnelig, originalt eller som har en egenart.

Kanskje det er litt enklere for TV selskapene å identifisere seg med denne form for sannhet. Det autentiske er kanskje mer konkret enn den generelle sannhet?

Uttrykket "sannheten ligger et sted midt imellom", har sikkert noe for seg, men er det noen som tror at hvis man tar nyhetene på RT (Russisk TV) og de på CNN og deler dem på to, så får man sannheten? Kanskje et litt ekstremt eksempel da jeg mener å ha forstått at RT er statsstyrt?

Kan det være noe i at "sannhetens opprinnelse, kilden, kan være sannhetens verste fiende"

Intet kan bli ideelt i verden, så kanskje vi bare må godta de sannheter vi presenteres for i det daglige og ellers bruke vår sunne fornuft.

***

MINE TANKEVEKKERE OM SANNHET

SANNHET I

Enhver danner Sannheten ut fra sine egne forutsetninger.

Nov. 2018

SANNHET OG LØGN I

Den som besitter Sannheten er rik
- mens Løgneren for all tid vil forbli fattig.

SANNHET OG LØGN II

Hvis påstanden om at alle har rett ut fra sine forutsetninger er riktig, og hvem kan motsi det, blir det et uendelig spekter mellom ytterlighetene Sannhet og Løgn. Det samme gjelder opplysninger fra såkalte sikre kilder.

2018

"SANNHETEN ER…"

Sannheter fortoner seg riktig for den som benytter uttrykket: "Sannheten er…", men vil alltid gjenspeile vedkommendes forutsetninger.

Desember 2018

KOMPROMISS

Mars 2013

Alle, vil jeg tro, har en ganske klar oppfatning av hva ordet kompromiss betyr. Det å gå på kompromiss er i det daglige helt vanlig for de fleste av oss. Vi tenker ikke normalt på det og føler heller ikke vanligvis at det ligger noe offer i det å gå på kompromiss.

Jeg gir litt her, den andre part gir litt der og så møtes man som et kompromiss etter å ha gitt sånn nogen lunde likt, uten at noen av partene har fått det helt som de vil.

Jeg vil tro at den enkleste form for kompromiss er den som ikke gir andre konsekvenser enn personlige offer. Med det mener jeg at ingen andre enn de involverte parter personlig må lide for de ytelser kompromisset krevde. Det i seg selv kan være alvorlig nok, men i hvert fall har man full kontroll over konsekvensene og kan selv bedømme om andre eventuelt vil bli skadelidende.

Mer komplisert blir det når den som inngår kompromiss handler på vegne av andre. Her kan konsekvensene få svært alvorlige følger, så den som har gitt fullmakten til at kompromisset kan inngås, bør på forhånd ha gjort sine grundige undersøkelser om hvilke konsekvenser dette kan få for ham.

Det kan være enda mer utfordrende med de kompromiss som blir inngått hvor konsekvensene kan bli av helt andre dimensjoner. Eksempelvis når land seg imellom lager handelsavtaler eller lignende. I disse tilfeller er det gjerne delegasjoner fra partene som forhandler seg frem til kompromiss. Konsekvensene blir antagelig normalt ikke så personlige, men kan få andre uforutsette konsekvenser.

Ovenstående konsekvenser av kompromisser er heldigvis

ikke noe man tenker over i det daglige og forhåpentligvis er det vel slik at de fleste av oss inngår kompromisser uten tanke for konsekvenser, og godt er det.

Nettopp de små daglige kompromissene du bør venne deg til å inngå for å holde balanse i tilværelsen, har en uvurderlig betydning for din egen selvtilfredshet.

Har du reist litt rundt, har du i mange sammenheng støtt på steder hvor all handel er basert på pruting. Selger starter med skyhøye priser, hvor det er meningen at denne skal bringes ned til et nivå som begge parter synes fornøyd med. Dette er også en form for kompromiss, men etter min mening en skakkjørt sådan. Her er det ikke lik fordeling av det å gi. Selger har lagt sin ytelse, prisavslaget, inn som en kalkulert faktor. Han vet hvor grensen går, med andre ord når den laveste pris kan aksepteres, stadig med en fornuftig fortjeneste. Kjøper på sin side prøver seg frem og handler hvis han eller hun mener at prisen er akseptabel.

Er det meg som går feil her? Jeg er langt fra begeistret for denne fremgangsmåten, uansett hvilke kulturer som praktiserer den.

Skal jeg gå på kompromiss så er den kanskje ikke så gal allikevel?

Er det bare fordi jeg generelt ikke er spesielt begeistret for denne fremgangsmåten at jeg ikke liker den?

Mange synes sikkert at dette er den helt riktige form for handel; her kan man argumentere og forhandle og selv påvirke utfallet av handelen.

Dette er i hvert fall det man tror, men vi litt klokere vet jo at den, altså prisen, er avgjort på forhånd, det er selgeren som bestemmer. De som har min innstilling betaler som regel alt for mye, selvfølgelig til stor glede for selger.

Med andre ord, du bør holde deg borte fra denne form for handel hvis du ikke føler deg dus med evnen til å prute.

Noen elsker det, er helt på topp når de kan boltre seg i denne verden og god er det for dem.

Nå, tilbake til kompromisset, det som er resultatet av forhandlinger der ingen av partene får det 100 % som de vil, men allikevel er fornøyde.

Jeg nevnte at det vanligvis ikke ligger noe offer i denne formen for kompromiss, og står på det, men la oss ta for oss den form for kompromiss hvor fordelingen av ytelser ikke på noen måte er lik, der hvor den ene part føler at vedkommende gir langt mer enn den andre, men at vedkommende allikevel går med på det.

Dette kan over tid bli slitsomt. At det skjer en gang i mellom er ikke til å unngå, og det slår begge veier, men når vektskålen stadig går den ene veien kan det bli vanskelig.

Mitt opprinnelige navn før jeg på min 18 årsdag av min stefar Max ble tildelt etternavnet Manus, var George Hans Bernardes. George etter min engelske far og Hans fordi min norske mor insisterte på det skulle være noe norsk i navnet. Hans er ikke bare et kongsnavn som George i England, men også et familienavn fra Ulvik i Hardanger.

Her var det antagelig snakk om en form for kompromiss, jeg fikk navnet Manus men ble aldri adoptert.

***

MINE TANKEVEKKERE OM KOMPROMISS

KOMPROMISS I

Kompromiss er antagelig et av de viktigste ord vi har,
hvis vi ser bort fra kjærlighet.

2017

KOMPROMISS II

Hvis partene ikke er helt ute av balanse,
- bør det være mulig å oppnå Kompromiss.

2013

KOMPROMISS III

Å gå på Kompromiss er noe vi alle må lære oss,
men for all del, ikke la det bli en permanent tilstand.

April 2019

KOMPROMISS OG ÆRLIGHET

Det er ingen vits i å gå på Kompromiss med Ærligheten,
da det kun er spørsmål om tid før avsløringen kommer
og da med uventede og som regel ubehagelige konsekvenser.

April 2014

TOLERANSE

2016

Først veldig enkelt om ordet toleranse. Det betyr blant annet å tåle, det å holde ut. Ikke i betydningen fysisk styrke. "Toleranse er evnen og viljen til å tåle, altså leve med de som har andre meninger og holdninger, og som handler deretter; kort sagt de som du selv vanligvis ikke aksepterer".

Dette kan som sådan være til ettertanke for oss alle.

Jeg tror nok de fleste av oss legger noe mer direkte i det å være tolerant, noe mer rett på sak. Enten tolererer du ett eller annet, eller så gjør du det ikke.

Sett fra den vinkelen blir det vel her snakk om noe sort/hvitt, et enten eller?

Slik er det nok imidlertid ikke.

Ovenstående beskrivelse av toleransen sier vel klart at det er snakk om en balansegang. Du tolererer nok i praksis i større eller mindre grad, og godt er det etter min mening.

Med andre ord, jeg slår fast at toleransen ikke er sort/hvitt.

Toleranse er en balansegang, og kompromiss er vekten på skålen som får det hele til å balansere.

Når dette er sagt må kompromiss nødvendigvis inn i bildet.

Det er umulig å utføre en balansegang uten å tilføre litt av ingrediensene gi eller ta, altså kompromiss.

Godt er det, og etter min mening er det bare da du får en balansegang, altså når du tilføyer en klype kompromiss.

Tenk så godt man har det når man mener om seg selv at man er tolerant.

En slik holdning blir nok dessverre svært subjektiv, da andre utvilsomt vil kunne ha et divergerende syn på den saken.

Står du litt lenger fra, litt mer på utsiden, og mener å ha et mer objektivt syn på vedkommende, har du nok ofte lettere for å komme med en uttalelse om vedkommendes evne til å opptre med toleranse.

Toleranse er en faktor i alle menneskers liv og hvordan du forholder deg til den egenskapen er av vesentlig betydning for hvem du egentlig er.

I og med at jeg har tatt kompromiss med og setter den som en betingelse for at toleranse kan utøves i praksis, dveler jeg først litt ved dette ordet.

En beskrivelse går som følger: "Et kompromiss er resultat av forhandlinger der ingen av partene får det 100% som de vil, men alle får noe".

Kompromiss, kanskje et av de viktigste ord vi har hvis vi ser bort fra kjærlighet.

Selv med uttrykk som betingelsesløs kjærlighet, er det vel til tider behov for litt kompromiss?

Strekker du ut en hånd til din fiende betyr det etter min mening slett ikke det samme som å vende det andre kinnet til.

I prinsippet er jeg helt for den siste med kinnet, men lang livserfaring tilsier at den måten å møte utfordringer på i det lange løp sjelden fører frem. Dertil er mennesket i for stor grad sin egen verste fiende.

Derimot, det med å strekke ut en hånd som en start, spesielt når det gjøres med godvilje, tvinger ikke frem et enten eller, altså, enten slår man når det andre kinnet er vendt til, eller så gjør man det ikke.

Bibelen snakker vel heller ikke om å klappe kjærlig på kinnet, eller gjør den det?

Kanskje jeg er kommet frem til dette etter i riktig mange år av mitt liv å ha hatt hund eller hunder.

Helt fra i seks syv års alderen var fuglehunden Pet min beste venn.

Har du hatt med hunder å gjøre, så vet du at den beste måten å nærme seg en fremmed hund på, er å forsiktig strekke frem hånden. Du merker fort om denne invitasjonen til nærmere kontakt fører frem eller ikke.

Heldigvis har jeg fremdeles begge hender og et fullt sett fingre, og har bare gode erfaringer med fremgangsmåten.

Jeg dveler ikke lenger ved denne sammenligningen, du har sikkert dine egne erfaringer, men det jeg prøver å få frem er at få situasjoner er sorte eller hvite. Vi mennesker har imidlertid en lei evne til å lage dem sorte eller hvite. Alt blir så mye enklere da, men også mer uriktig.

En balansert toleranse ved hjelp av kompromiss er nødvendig. Gi og ta litt. Ingen av partene føler seg stilt med ryggen mot veggen.

Det er ikke alltid den beste løsning er å forenkle alt, forstått som det å se sort eller hvitt på situasjonen.

I kjølvannet av slike forenklinger oppstår det ofte unødig misnøye og da blir det i hvert fall slik at toleranse med bruk av kompromiss blir satt på store prøver.

Toleranse kan du sette som ingrediens i et uendelig antall sammenheng, men uten å tenke nærmere gjennom det, er det etter min mening den totalt manglende toleranse for religions-forskjeller som gjennom alle tider har skapt de største problemer på vår jord.

Kanskje ikke så merkelig, da det jo er i den forbindelse vi finner de fleste fanatikere og de er jo eksempler på sort/hvitt betraktninger.

**

MINE TANKEVEKKERE OM
TOLERANSE

TOLERANSE I

Toleranse står for tålmodighet og fordragelighet overfor andres opp-
fatninger. Der hvor det er høyde under taket blir det straks større
volum og mer spillerom.

Fra en bryllupstale i 2005

TOLERANSE II

Det heter at motsetninger tiltrekker hverandre.
Mye riktig i det, men ikke uten Toleranse.

2014

TOLERANSE IV

Det koster, men du mister ikke så mye av deg selv ved å være
Tolerant.

2018

TOLERANSE OG KOMPROMISS II

En balansert Toleranse ved hjelp av Kompromiss er nødvendig.
Gi og ta litt, så vil ingen av partene føle seg stilt med ryggen mot
veggen.

2016

SAMVITTIGHET II

November 2012

La meg med en gang slå fast at dette er et meget ømtålig tema. Samvittighet er vel antagelig det mest tøyelige begrep ettersom blant annet både moral, skjønn og følelser alltid er involvert. Alle ser samvittighet ut fra sitt skjønn og sine egne moralnormer, så dermed understrekes tøyeligheten.

I min bok. "Tanker", skrev jeg blant annet om samvittighet: "Jeg antar at samvittighet er noe vi alle i en eller annen form er opptatt av. Om det gjelder god eller dårlig samvittighet, så er den med oss som en del av vårt daglige liv".

Så er det også noe med fortrengsel av den dårlige samvittigheten og den fine varme følelsen av den gode.

Det kan dreie seg om samvittighet som gjelder viktige ting eller bare dumme små ting, men vi har allikevel følelsen av at den er der".

Den gang mente jeg som jeg skrev, at vi alle i en eller annen form er opptatt av samvittigheten. Nå, neste 12 år senere har jeg nok revidert dette noe som man vil se litt senere, hvor jeg tilkjennegir at mange nok ikke har samvittighet i det hele tatt.

Vi har selvfølgelig lover som, i våre demokrati i hvert fall er tenkt som klare retningslinjer for hvordan vi skal oppføre oss i nær sagt alle situasjoner. De er der til vårt eget beste sier de som har laget dem, men selv om det sikkert i det store og hele er riktig, tror jeg nok at de fleste synes vi overkjøres av lover og forordninger og mange av dem er det de færreste av oss som virkelig forstår.

Greit nok med de lover og regler vi til daglig stifter bekjentskap med, for eksempel i trafikken. Her er det et spørsmål om å redde liv og å redusere skader.

Hver enkelt av oss vurderer hvordan reglene skal følges ut fra skjønn og samvittighet.

Skjønnet går oftest på, spesielt med mine senere mange års kjøreerfaring i Spania, at 40 grensen er nok der, men betyr mellom 60 og 80. 120 grensen på motorveiene betyr minimum 130, og praktiseres gjerne nærmere 150 og med mange unntak over 170.

Full stopp skiltene tolkes av mange som: bare kjør hvis veien er fri. Spesielt i småbyene betyr enveisskilt, for det meste av de lokale innbyggere: bare kjør hvis ingen andre kommer mot deg og du derved kan komme fortere frem til bestemmelsesstedet.

En stekt utbredt sport blant de som for det meste ligger rundt 150 på motorveien er å se hvor nærme de kan komme bilen foran uten fysisk kontakt.

Må ellers innrømme at det er blitt langt bedre med respekten for fotgjengerovergangene. Det er ikke lenger en sport å se hvor nær fotgjengeren man kan komme uten å treffe.

Nei da, det meste går da fremover.

Alle forannevnte eksempler går mer på skjønn enn på samvittighet.

Etter deres eget skjønn handler de sikkert riktig

Det var skjønnet, men hvor kommer så samvittigheten inn, ja, hvor kommer den inn i dette bildet?

Mange har ikke samvittighet i det hele tatt, så de kjører i sin egen verden uansett, mens mange nok har samvittighet; men den er ofte svært dypt begravd og kommer ikke frem før ulykken er ute og det er for sent.

For hvem eller hva skulle man ha samvittighet for i trafikken?

Jeg vil nødig bli oppfattet som en helgen i denne sammenheng, for det er jeg ikke, men ta for eksempel promillekjøring.

Der er jeg helt konsekvent og kan referere til at siden jeg var vel 20 år gammel og frem til den første tiden jeg kom til Spania i 1983, var det aldri snakk om så mye som et glass når bilen var transportmiddel.

Men tingene forandret seg nok i noen grad den gang i Spania, et glass eller to til maten og en brandy til kaffen, hindret en ikke i å kjøre hjem.

Tok man en tidlig morgenkaffe i den lokale baren, var det ofte man så politiet med sin "carajillo", expresso kaffe med brandy eller rom, før dagens arbeid satte inn.

Mener at man var seg meget bevisst, kjørte ekstra forsiktig og uten at samvittigheten plaget en, men det ville være løgn å si at jeg i begynnelsen og frem mot slutten av nittiårene, hvor jeg bare kom på sporadiske besøk, fulgte mine norske vaner.

Etter hvert som reglene ble skjerpet også her, med jevnlige kontroller, har imidlertid alt forandret seg. I dag er det nok for de fleste utenkelig i det hele tatt med kombinasjonen kjøring og alkohol og sånn skal det være. Om det er samvittigheten eller det moralske ansvar for å skade andre, eller for ikke å snakke om det som kunne være enda verre vet jeg ikke, men desto bedre hvis det har å gjøre med begge, at man velger den totalitære linjen.

Kanskje det allikevel er de små gode eller dårlige samvittighetene det meste dreier seg om. De store blir ofte så overveldende at hvis man først har samvittighet så prøver man "strutseleken". Hodet i sanden og lat som de ikke er der.

Har noen prøvd å se på, eller rettere sagt prøvd å telle sine gode og dårlige samvittigheter. Jeg lurer på om man kunne lage en form for norm som sier at man med en så og så stor prosent av de respektive, ville være innenfor akseptable rammer og normer?

Antagelig ville dette bli for komplisert, og samvittigheten bør for øvrig ikke kunne overlates til andre, den er helt klart blant noe av det mest personlige vi har.

Jeg har i hvert fall en dårlig samvittighet, men den ønsker jeg ikke å dele med noen før jeg en dag har lagt den bak meg.

Jo mer jeg tenker på dette innser jeg at jeg også antagelig, i denne sammenheng, deltar i Strutseleken.

Samvittighet, skjønn og moral hører sammen.

Av de ordtak jeg har lest når det gjelder samvittigheten kommer denne Persiske høyest.

"Livsglede spirer fra ren samvittighet".

***

MINE TANKEVEKKERE OM SAMVITTIGHET

SAMVITTIGHET I

Intet er bedre enn følelsen av god Samvittighet.

SAMVITTIGHET II

Har noen prøvd å telle sine gode og dårlige Samvittigheter? Jeg lurer på om man kunne lage en norm som sier at man med en gitt prosent av de respektive, ville være innenfor akseptable rammer og normer? Antagelig ville det bli for komplisert og Samvittigheten bør for øvrig ikke kunne overlates til andre, den er helt klart blant noe av det mest personlige vi har.

November 2012

SAMVITTIGHET III

Om det gjelder god eller dårlig Samvittighet, så er den alltid med deg som en del av ditt daglige liv.

2023

GOD OG DÅRLIG SAMVITTIGHET

Alle stifter bekjentskap med både God og Dårlig Samvittighet - mens graden av den Gode eller Dårlige er avgjørende for din trivsel.

ERFARING

Oktober 2013

Det hviler noe pretensiøst over ordet erfaring. "Erfaring tilsier at...".

Som en generell bemerkning lar man det nok i de fleste tilfeller passere uten nærmere refleksjon, men kommer det i forbindelse med seriøse innlegg presentert av mennesker med autoritet bør man nok spisse ører.

Hvor ville vi vært uten erfaring? Ville vi ikke da bare gjenta det samme, det være seg om gjentagelsen i utgangspunktet er riktig eller gal.

Hva ville være prosenten for om gjentagelsen er riktig? Igjen et spørsmål om opprinnelsen.

Erfaring er noe vi i dagliglivet ikke er oss bevisst, tror jeg. Det bare er ufravikelig slik, for de fleste av oss, at vi automatisk trekker slutninger med bakgrunn i våre erfaringer og ubevisst foretar små eller store korreksjoner.

Denne form for erfaring er antagelig en av de vesentligste faktorer som er med på å utvikle oss, og det forhåpentligvis gjennom hele livet. Det ville jo være svært kjedelig om du på et tidspunkt sa til deg selv at nå får det være nok med erfaring, fra nå av skrur jeg av den bryteren.

På en måte blir det det samme som at du strekker armene i været og sier at nå har jeg ikke mer å lære, det er ikke lenger noen vits med den læreprosessen.

Lykkeligst er de som bevisst er innstilt på å ta til seg lærdom, helt til sin siste dag.

Det er selvfølgelig slik at gjennom teoretisk lærdom får man også erfaring, riktignok ikke praktisk.

Er det så noe som kan kalles åndelig erfaring i motsetning

til praktisk erfaring?

Først eksempelet med at man gjennom skole og universitet får en akademisk utdannelse. De erfaringer man har fått som resultat av sine studier er selvfølgelig verdifulle og nødvendige, får man håpe, når det gjelder søknad om den stillingen man ønsker.

Men, selv om yrkesvalget ikke er direkte praktisk, men av mer akademisk art, kommer spørsmålet om praksis frem. Da står man der med eksamenspapirene og stiller stort sett i klasse med alle de andre søkerne. Uansett hvem som får stillingen og hvilke kriterier som ligger til grunn for det, kan man spørre seg selv om hvem som skal dekke kostnadene til den erfaring som må opparbeides for at jobben skal kunne gjøres skikkelig.

Hvem skal bekoste de erfaringene som man etter hvert tilegner seg i det praktiske liv?

I den sammenheng blir det nok arbeidsgiveren som må investere for å kunne dra full nytte av utdannelsene, og det er sikkert som det skal være. Man kan jo naturlig nok ikke være rustet til oppgavene man blir tillagt før man har tilegnet seg erfaring.

Det andre eksempelet er utdannelsen, den av mer grunnleggende karakter, som etter hvert kan kombineres med praksis i næringslivet innen det yrket du tenker å etablere deg i.

Denne kombinasjonen av skole og praktisk erfaring er etter min mening den desidert beste når det gjelder praktiske yrkesvalg, hvis den fremdeles eksisterer i en eller annen fungerende form.

På den tid jeg begynte å arbeide, på slutten av femtitallet, hadde vi flere lærlinger ansatt i firmaet. De skulle kunne nå fremt til svenneprøve eller fagprøve.

De var ansatt på serviceavdelingen, gikk på lærlingkontrakt og hadde, hvis jeg ikke husker feil, en eller to dager i uken fri til å gå på yrkesskole for å tilegne seg teoretisk utdannelse.

Så vidt jeg forstår er denne ordningen for lengst erstattet av andre, men jeg har ikke satt meg nærmere inn i dette.

Spørsmålet er om ikke lærlingeordningen, gjerne i en mer modernisert form enn den vi hadde den gang, ville være bedre og mer interessant for mange med mer trang til å komme tidlig ut i et håndverk, enn å kjempe seg gjennom høyere teoretisk utdannelse med liten eller ingen interesse for dette.

Jeg har hørt at lærlingeordningen praktiseres med hell blant annet i Sveits, og det at man i England stadig henviser til at det må skapes flere "apprenticeship" stillinger, som jeg mener lærlingeordningen heter der, tar jeg som et tegn på at denne utdannelses-formen stadig regnes som den beste når det gjelder praktiske fag.

En arbeidssituasjon for unge, som innebærer en kombinasjon av teoretisk og praktisk opplæring, har jeg stor tro på.

Tenk om andre kunne lære av våre hardt tilegnede erfaringer, så mye bedre alt ville bli?

De som har det synet står overfor kortsynte og meningsløse tankemåter etter min mening.

Du må selv være herre over dine erfaringer; jeg går så langt som til å hevde at det kun er gjennom egne erfaringer du kan komme videre.

Her ser jeg selvfølgelig bort fra aksepterte erfaringplattformer i alle deler av samfunnet, som er fremkommet som resultat av generell forskning og vitenskap.

Slike erfaringer hører med i all teoretisk utdannelsen på alle nivåer og danner derved automatisk, i de fleste tilfeller, en positiv ballast.

I den sammenheng er det klart at det kan dras lærdom av andres erfaringer.

Nå må du ikke tro at alle erfaringer er av det gode og det er det nok ingen som gjør. Alle har i en eller annen form også hatt dårlige erfaringer.

Konklusjonen blir at det egentlig betyr lite om erfaringene du gjør deg er gode eller dårlige, bare du tar lærdom av dem.

Dårlige erfaringer trigger ikke til gjentagelser, mens de gode helst bør inspirere til sådanne.

Jeg tror det kan være bra for oss alle å fokusere litt mer på erfaringene. Tenk gjennom hvilke erfaringer du har gjort deg i livet, av den kategori som har vært av betydning for din utvikling, og bevisstgjør disse.

De fleste av oss er, tror jeg, utrustet med en god eller mindre god fortrengningevne. Jeg kaller denne evnen en sikkerhetsventil.

Vi kan ikke bare fylle på med for mange negativiteter, spesielt gjelder dette de dårlige erfaringene vi til tider gjør oss.

Vi bør nok prøve å fortrenge noen av disse når vi føler at det er nødvendig for å opprettholde en akseptabel erfaringbalanse.

Den beste erfaring som har vært med på å prege min utvikling mener jeg å ha tilegnet meg under min skoletid i Italia i slutten av femtiårene.

***

MINE TANKEVEKKERE OM ERFARING

ERFARINGER

Du gjør uklokt i å undervurdere Erfaringer.

2013

ERFARING I

Dårlige Erfaringer trigger ikke til gjentagelse - mens de gode helst bør inspirere til sådanne. Det kan være bra for oss alle å fokusere litt mer på Erfaringer. Tenk gjennom hvilke Erfaringer du har gjort deg gjennom livet, av den kategorien du mener har vært av betydning for din utvikling, og bevisstgjør disse.

Oktober 2013

ERFARING II

Ikke alle Erfaringer er av de gode, men de er en del av ditt liv og er derved med på å forme din personlighet.

Des. 2019

ERFARING OG VITEN

Erfaring er noe man opparbeider over tid - mens Viten er et resultat av Erfaringer.

AMBISJONER OG DELMÅL

April 2013

Ikke alle har det i seg at de skal hevde seg. Det er nemlig blant annet dette ordet ambisjoner står for, "lysten til å hevde seg, ærgjerrighet". Her dreier det seg om noe som har med en selv å gjøre.

På samme måte som når det gjelder prestisjen, er ambisjoner noe personlig, men nødvendigvis ikke negativt på samme måten som prestisjen, sett med mine øyne.

Vel, "lysten til å hevde seg, ærgjerrighet", ser jeg i denne sammenheng ikke nødvendigvis målt overfor andre. Jeg velger foreløpig å se den siden av "det å hevde seg" som går på at man vil oppnå noe for seg selv, at man vil hevde seg overfor seg selv og de ambisjoner man måtte ha i denne sammenheng.

Her er vi inne på noe av drivkraften igjen. Uten noen form for ambisjoner er det vanskelig å se fremdrift.

For all del, mange er og forblir mer enn lykkelige uten å være utstyrt med spesielle ambisjoner. Hvorfor ser da så mange på det å være ambisjons-løs som negativt?

Tenk hvordan verden ville se ut hvis vi alle hadde ambisjoner uten grenser?

Tror nok de fleste er enige om at ikke alle kan være akademikere. Hva med det utall av serviceyrker som skal til for at verden skal fungere? Det burde ikke på noen måte bety at man er mindreverdig eller mangler ambisjoner fordi man ikke er akademiker, heller det motsatte.

En helt annen sak er at samfunnet burde fungere så bra at alle som har personlige ambisjoner, i utgangspunktet skulle bli gitt mulighetene til og nå dem.

Når det gjelder sports-ambisjoner, så lenge det dreier seg

om at det er på egne vegne, er det sikkert både nødvendig og riktig at man har dem om man ønsker å nå toppen.

Her kommer det så mye forsakelser og oppofring inn i bildet, at er man ikke motivert og med stålsatte ambisjoner, så når man simpelthen aldri målet om å bli nummer en.

Verre er det med foreldres ambisjoner på barnas vegne.

Starter med noen egne opplevelser fra min tidlige tid i forretningslivet.

Allerede før jeg var tjue, på slutten av femtitallet, hadde jeg ansvaret for opplæring av firmaets rundt 40 teknikere samt hele forhandlernettet.

Allerede den gang la jeg merke til at mange som allerede hadde familie og barn, kjempet en hard kamp for at barna skulle få den utdannelse de selv mente de ikke hadde kunnet få takket være krigen. Ingen selvkritikk å spore; det var som om det var en selvfølge at hvis det ikke hadde vært for krigen, så hadde de fleste både tatt artium, gått på universitetet og endt opp i betydningsfulle stillinger.

Deres barn ble uten forutsetninger nærmest truet til utdannelse mange ikke egnet seg til og endte ofte opp med store problemer. Mange familietragedier utspant seg den gang som et resultat av foreldres, sikkert velmente, men misforståtte ambisjoner på barnas vegne.

De verste eksemplene på foreldres ambisjoner på vegne av barna, når det gjaldt sport, var jeg senere vitne til.

Jeg ble minnet om dette forleden, under en samtale med vår lokale golf pro. Vi hadde nettopp hatt et golfarrangement i regi av det Spanske Golfforbund med deltagere i den såkalte klasse "Juvenil", fra 8 til 16 år, av begge kjønn.

Han bare ristet på hode i fortvilelse over å ha sett en rekke eksempler på hvordan overambisiøse foreldre nærmest hadde truet disse barn og ungdommer under treningen, med resultat som endte i både tårer og tenners gnissel.

Mine egne eksempler går på det samme når det gjaldt både tennis og ski, den gang mine døtre vokste opp og selvfølgelig var medlemmer i de lokale klubber for disse sportsgrener.

Dette var i Oslo i Norge og skjedde på den såkalte bedre vestkant hvor vi bodde.

Det var direkte grusomme opplevelser man til tider ble vitne til. Jeg måtte til og med melde dem ut av den lokale tennisklubben takket være den overambisiøse klubbledelsen. Eksempelet er for grotesk til å nevnes, men hadde intet å gjøre med mine døtre direkte.

Foreldre som under enkle slalåmkonkurranser kastet seg ut i bakken når deres håpefulle falt, med et oratorisk fossefall av unnskyldninger om hvordan foreldrene selv hadde feilsmurt skiene eller at fallet skyldtes for dårlig slipte stålkanter, var ikke noe særsyn.

At man gjerne vil se sine etterkommere oppnå suksess er vel helt menneskelig, men med ambisjoner av denne art slår det alt for ofte den gale vei.

Jeg har inkludert en Refleksjon som heter: "Delmålet", relatert til mine sportslige ambisjoner i golf, skrevet i 1995.
Jeg kaller det delmålet fordi jeg intuitivt vet at det blir et delmål, selv om det hittil har vært selve målet.

Den lykkelige dag, 9. august 1995. Det målet som har syntes uoppnåelig, er nådd.

Nå ja, uoppnåelig har det vel egentlig ikke syntes, men at det har vært høyt opp og langt frem å nå det er det ingen tvil om.

Nettopp kommet hjem fra golfbanen, Bogstad, klokken er nærmere halv ti om kvelden og det obligatoriske bad er gjennomført.

Nå vandrer jeg stille rundt spisestuebordet med et håndkle rundt livet, i en evig ring, med min Pocket Memo.

Totalt avslappet og med en praktfull følelse i kroppen.

"Single figure handicap".

Så er altså målet endelig nådd. Tallet 9, ikke to tall, bare det ene.

Hvordan i allverden kan det ha seg at noe så vanvittig som et lite tall kan ha så stor betydning i denne sammenheng? Kun for en selv naturligvis.

Det skiller 2 enkle små slag fra mitt forrige handicap, som var 11, bare 2 slag.

Om de er på 200 meter eller 30 centimeter betyr ingen ting, faktum er at det dreier seg kun om 2 slag på 36 hull. Ideelt skal 36 hull normalt gjennomføres på 72 slag, minimalt varierende i henhold til de forskjellige banenes vanskelighetsgrad.

Har trukket opp en flaske rødvin og har tent på de to stearinlysene på bordet. Venter på at kyllingen skal bli varm. Risen er nesten klar og om ett eller to minutter lar jeg freden synke inn over meg.

En fantastisk runde var det. Umulig for en ikke golfer å forstå, men når jeg tenker på at jeg spilte banen på 77 slag, fem over banens par, forstår jeg nesten ikke at det er sant.

Det hele skjedde i en torsdag-match under perfekte forhold, hvor jeg ut fra mine 11 i handicap, spilte til 42 stableford-poeng.

Nå forstår jeg enda en gang i livet hva det vil si, hva meningen er med den tesen som jeg så ofte bruker, det at:

"Det er ikke målet som teller, men prosessen".

Nå har jeg jo nådd målet, men innser at det fra dette øyeblikk er blitt et delmål.

"Single figure handicap", betrakter jeg selvfølgelig fra denne dag som et delmål ikke et mål, men kun som et av mange trappetrinn i trappen. Slik er det bare.

Hvor mange trappetrinn trappen har er for så vidt uvesentlig. Billedlig sett kan det være et uendelig antall.

Tanken på hva mitt neste delmål når det gjelder golf skal være, er uklar.

Kan jeg noen gang komme til å gjenta dette resultatet, eller rettere sagt forbedre det?

Det er en deilig erkjennelse dette med at et mål blir til et delmål når det er oppnådd

***

MINE TANKEVEKKERE OM AMBISJONER OG DELMÅL

AMBISJONER

Lysten til å hevde deg, Ambisjoner, krever mye forsakelse og oppofring.
Er du ikke motivert med stålsatte Ambisjoner, når du aldri målet.

2013

MÅLET I

Jo nærmere du kommer Målet, jo mer betydningsfulle blir detaljene.

Mai 2019

MÅLSETTING

Det er lettere å Sette seg Mål i livet, enn det er å kjempe seg veien til å nå dem.

Juli 2020

FOKUSERING OG VIDSYN

Fokusering på målet er viktigst av alt -
mens Vidsyn må til for å holde kontroll underveis.

FORSTÅELSE II

Juni 2017

Ønske om forståelse, og viljen til å forstå, er fundamental.

Ønsker man ikke å forstå eller avviser tanken om å forstå, blir det selvfølgelig ingen forståelse, og da kan man heller ikke forvente å bli forstått.

Du må ha vilje og ønske om å forstå for at det skal bli forståelse.

Forståelse krever med andre ord både ønske og vilje.

Kommer du lenger med forståelse?

Etter min mening er det ganske klart.

Alle avgjørelser, hvis de skal ha noen verdi, må være basert på forståelse, altså basert på viljen til å forstå det saken gjelder samt partene som er involvert.

Klart at det i mange tilfeller er mye enklere å la forståelsen komme i bakgrunnen, ikke bruke vilje, krefter og tid på å forstå. Da vil imidlertid sannsynligheten være stor for at avgjørelser som tas vil bære preg av dårlig kvalitet.

Tenk om det bare var så enkelt og forståelig.

Såkalte forståsegpåere er ellers ikke alltid like lette å forstå, selv om man legger viljen til. De kommer ofte med enkle og klare postulater om all verdens ting og forhold, men takket være sin personlighet faller de ofte i den menneskekategorien som kalles usympatiske.

Bedrevitende personer kan gjerne ha rett, men det hjelper ikke når de overbringer budskapet på en usympatisk måte, altså med et snev av at: "Jeg vet best".

De som på den annen side opptrer bevisst og heller holder den litt mer beskjedne stilen, vil som regel både bli respektert og verdsatt.

"Forstår du det"? er et uttrykk som ofte benyttes når man vil forvisse seg om at ens budskap er forstått.

Litt vel kommanderende etter min mening. Her krever man at vedkommende har forstått. Man forventer et Ja - det forventes en bekreftelse.

For mange blir det vanskelig å si nei, selv om det egentlig er det de mener. For den ene part er dette selvfølgelig riktig, men hva med kvaliteten av forståelsen.

Hvorfor ikke prøve seg med et litt svakere spørsmål? "Jeg håper du har forstått". Det gir full adgang til å fange opp eventuell usikkerhet, og kan gi et svar som: "Ja, men jeg har et par spørsmål". Dialogen er i gang, forståelsen underbygges, kommunikasjonen får en riktig balanse og forutsetningen for et godt resultat er lagt til rette. Det ligger vilje til forståelse i luften.

Flisespikkeri vil mange si, spesielt i vår tid hvor SMS og e-post skal forkortes til det uforståelige.

Nå er man til og med kommet så langt på enkelte nyhets-kanaler på TV, at man gjør alt for å få plass til informasjonen, eller budskapet, på en linje.

For å oppnå det innføres en rekke forkortelser, som for en rekke av oss vanlige mennesker er totalt uforståelige. Selv med velvilje blir det vanskelig å forstå.

Hvor blir det da av forståelsen? Ja, den som kan forstå det.

Antagelig er det bare oss i "vintage alderen"som sukker.

I debatter hører man faktisk innimellom noen som på diplomatisk vis prøver seg med følgende, som inngangen til et svar på et innlegg:

"Jeg har stor forståelse for det du sier, men …".

Det varer nok ikke lenge før også den formen forsvinner helt. Det går da mye greiere når man direkte sier: "Jeg er uenig i det du sier".

Jeg håper det er forståelse for mitt syn på forståelsens betydning.

P.S. Først etter at denne refleksjonen var ferdig, kom jeg på at "Forståelsen" allerede har fått sin refleksjon. Den ble satt på papiret i oktober 2013 og er med i Mine Livsverdier I.

En annen sak er at den første av disse to fokuserer mest på Forståelsen mellom mennesker, mens denne handler mer om "Forståelsen" som sådan, og viljen til å forstå.

Vel, det er blitt nærmere 300 refleksjoner etter hvert, så man må ha meg tilgitt.

***

MINE TANKEVEKKERE OM FORSTÅELSE II

FORSTÅELSE V

Forståelse er ett av de viktigste ord vi har. Hva gjør du med det?

Juni 2021

FORSTÅELSE VI

Det er kun det du forstår du kan gjøre noe med, men glem ikke at det du forstår er sett ut fra ditt ståsted.

FORSTÅELSE VII

Det er når man ikke forstår at man ikke forstår, at de virkelige utfordringene starter.

Juli 2021

FORSTÅELSE VIII

At du synes andre ikke forstår, betyr ikke at du har rett i din egen overbevisning om at du har rett.

Sept 2020

RIKTIG OG GALT?

August 1990

Eller skulle spørsmålet heller være: Hvem har rett og hvem tar feil?

Ja, for det er vel egentlig om dette de fleste strider står.

Min enkle påstand er at alle har rett ut fra sine forutsetninger. Er det derved så enkelt som å si at hvis bare alle hadde de samme forutsetninger, så ville man ikke lenger ha striden om hvem som har rett eller hvem som tar feil?

Alle ville med andre ord være enige - altså ingen strid.

Tenk så enkelt, men allikevel så utrolig langt fra virkeligheten.

Forutsetninger kan dreie seg om å besitte informasjoner. Da må det naturligvis også dreie seg om tolking av de samme informasjoner.

Det er i denne sammenheng nærliggende å trekke inn personlige evner og egenskaper, så vel som kulturell og politisk bakgrunn.

Allerede her forstår du at vi stanger mot en mur - vi må bare blankt erkjenne at "alle har rett ut fra sine forutsetninger".

Noen - ja kanskje de fleste av oss - mener selvfølgelig at vi ser dette litt klarere enn andre og mener at; jeg vet hva som er riktig og at det er de andre som tar feil.

Det er selvfølgelig godt å tenke på når du går litt ned i dybden av tingene - eller hva?

Tror nok de fleste er enige om dette.

Og nå, som vi står ved erkjennelsen - hva gjør vi?

Lar vi tingenes tilstand være som de er i vår selvforherligelse? Det er selvfølgelig det enkleste, du vet jo innerst inne at du har rett, ikke sant? Og det betyr jo egentlig at de andre tar feil, eller hva?

Står du litt fjernt fra problemene, fnyser du litt og føyer gjerne til: Har du hørt maken til vås? Eller: de kan da umulig ha noen peiling på hva de bedriver.

Det faller antagelig lettere med slike tanker jo fjernere fra problemene du befinner deg.

Blir problemene av mer familiær karakter, svir det nok på en annen måte og vi blir vel også vanligvis mer forsiktige med våre, til tider, sleivete bemerkninger.

Skulle vi i et erkjennelsens øyeblikk stille oss spørsmålet: Kan jeg gjøre noe for å påvirke, kan jeg gjøre noe for å mildne ytterpunktene?

Et godt uttrykk er "sannheten ligger som regel et sted midt imellom".

Hvilke egenskaper skal så til for å finne sannheten?

Nei, nå går han helt over stag. Sannheten finnes ikke, i hvert fall ikke hvis den divergerer fra min oppfatning.

Hei-sann, der var den igjen.

Kan ordet objektivitet benyttes?

La oss smatte litt på det - objektivitet - objektivitet. Betyr ikke det: Sett med uhildede øyne - uten å ta parti - upartisk - sett utenfra - bygge bro mellom?

Ikke dumt, eller hva?

Tenk om du på en måte kunne trekke deg ut - sette deg utenfor - og fra den posisjonen rolig se inn på problemet.

Tenk om du kunne betrakte begge sider - være selvkritisk når det gjelder de informasjoner og dermed de forutsetninger du sitter inne med når det gjelder saken.

Tenk om du kunne være stor nok til å la tvilen tilfalle den som synes å "svømme mest", før du kommer med dine egne meninger.

Ja tenk!

Er det ikke dette som med et enkelt ord kan kalles megling?

Er det derfor de kalles diplomater, disse underlige menneker som vi stort sett bare ser i sorte Mercedes-er med blå skilt?

Kalles de diplomater fordi de forsøker å bygge broer mellom land, kulturer og religioner?

Selvfølgelig er det derfor - det vet vi jo.

Ja, men så vet da også de fleste av oss at de stort sett bare snakker uforståelig vås, ikke sant?

Eller er det slik?

Nei, prøv i det daglige å opptre bare litt mer objektivt - bare litt mer diplomatiske - kanskje bare i noen ganske få sammenhenger hver uke.

Hver og en av oss behøvde ikke å strekke seg lenger, før vi ville se at verden ville bli svært mye bedre å leve i.

P.S. Legg merke til at jeg i denne Refleksjonen, som jeg skrev i 1990, altså for rundt 35 år siden, har nevnt ordet "problem" fire ganger.

Jeg har for lengst erstattet ordet "problem" med "utfordringer", noe de første fire Tankevekkere på neste side handler om. De neste fire er relatert til denne Refleksjonen: Riktig og galt.

***

MINE TANKEVEKKERE OM
RIKTIG OG GALT

PROBLEM - UTFORDRING

Et Problem kan være komplisert å løse. Se på Problemet som en Utfordring, så blir løsningen lettere.

Sept. 2019

UTFORDRINGER IV

*Det er ikke bare deg som møter Utfordringer, det gjør alle.
Det er måten vi takler dem på som er forskjellig.*

Oktober 2019

PROBLEMER - UTFORDRINGER II

*Alle kan se Problemer når man møter dem.
Kunsten er å snu Problemer til Utfordringer og å løse dem.*

PROBLEMER - UTFORDRINGER III

*Erstatter du Problemer med Utfordringer lyder det mye mer positivt. Står du overfor Utfordringer trigges fantasien,
mens møtet med Problemer kan synes lite inspirerende.*

Mars 2019

OM Å HA RETT

Hvorfor ikke spise kamelen, hvis det er slik det føles når du medgir at andre har Rett, og simpelthen ta lærdom av det? Hvorfor er det så viktig for de fleste av oss å ha Rett? Det er som om vi hele tiden må overbevise oss selv om at det gir gevinst å ha Rett mens det er nederlag å ta feil.

Desember 2018

RIKTIG OG GALT I

Min enkle påstand er at alle har rett ut fra sine forutsetninger. Er det derved så enkelt som å si at hvis bare alle hadde de samme forutsetninger, så ville vi ikke lenger ha striden om hvem som har rett eller hvem som har feil?

August 1990

RIKTIG OG GALT II

Det å ha rett ut fra sine forutsetninger dreier seg om å besitte informasjoner, og da må det naturligvis også dreie seg om tolking av de samme informasjoner.

August 1990

RIKTIG OG GALT III

Jeg vet hva som er riktig og det er de andre som tar feil er det mange som hevder og har det godt med den innstillingen. For dem er det selvfølgelig det enkleste. De mener jo innerst inne at de har rett, og det betyr naturligvis at de andre har feil. Det de imidlertid har glemt er forutsetningene, nemlig at alle har rett ut fra deres ståsted.

August 1990

130

IGNORANSE

Oktober 2013

Hvorfor i all verden dveler jeg ved dette ordet. Heldigvis blir det ikke brukt så mye, men når det blir brukt er det som regel i alvorlig sammenheng.

Hvis det er slik at du i den daglige verden forbinder ignoranse med dumhet, noe jeg tror vi ofte gjør, ja så er det feil og i så tilfelle kan det være verdt å fordype seg litt i ignoransen.

Jeg tar på ingen måte opp konkurransen med Wikipedia eller andre, som med sider opp og sider ned presenterer all verdens fortolkninger av ordet.

Kanskje er det noe jeg oppfatter som selvmotsigende i tolkningene jeg dveler ved.

Hvis ignoranse har noe med det å ignorere og gjøre, noe som vel lyder rimelig, virker det kanskje i denne sammenheng litt søkt at det å ignorere visstnok betyr noe sånt som: "å nekte å ta hensyn til", mens ignoranse blant annet beskrives som: "å late som man ikke kjenner til eller vet noe om det eller det, eller å være likeglad med".

Ser man på ordet ignorant, altså det å være ignorant, som vel også har noe med ignoranse å gjøre, så beskrives det blant annet med: "å mangle kunnskap om eller å mangle kjennskap til det eller det". I denne sammenheng også: "å mangle utdannelse eller å være usofistikert".

Videre beskrives ordet ignorant som følger: "en person som er i en tilstand av å være uvitende; ofte brukt som en fornærmelse for å beskrive individer som med vilje ignorerer eller ser bort fra viktige informasjoner eller fakta". Jeg ser dette som likt med: "å uttale seg mot bedre vitende".

Allerede her blir det vanskelig for oss vanlige å følge med og dette er jo bare noen meget enkle vinklinger.

Jeg hadde nok ikke gitt meg i kast med dette med ignoransen hvis jeg ikke hadde noen egen-opplevelser relatert til ordet. Disse skal jeg ikke referere til, hverken med navn eller situasjon, men mer med holdninger som sikkert flere kan identifisere seg med, enten ved å analysere seg selv eller trekke frem erfaringer man har hatt.

Strutsen er kjent for å stikke hodet ned i sanden når den værer fare. Den tror derved at den er usynlig og ikke blir lagt merke til. Faktum er at den selvfølgelig er like synlig, mens selvbedraget gjør den trygg.

Hva har så strutsen med ignoranse å gjøre, og ikke minst med mine egne opplevelser i den sammenheng?

Jo, ellers intelligente og velutdannede mennesker, som ikke på noen måte er dumme, kan i spesielle sammenheng opptre med ignoranse.

Fullt tilgjengelig informasjon er til stede når det gjelder alle sider av en sak. Det vites også med rimelig sikkerhet at den eller de det gjelder må sitte inne med disse informasjonene.

Ytre indoktrinering kan antagelig også spille en vesentlig rolle når det gjelder adferdsmønsteret.

Allikevel skjer det igjen og igjen at deres handlingsmønster tydelig bærer preg av at reelle tilgjengelige informasjoner fullstendig tilsidesettes, med andre ord ignoreres, noe som ufravikelig bærer preg av ignoranse fra vedkommendes side, eller hva?

Er dette bevisst, eller blir det bare sånn? Er det en form for beskyttelse, altså strutseleken, eller er det en handling man er seg fullt bevisst?

Igjen må vi holde oss klart at: "ignoranse adskiller seg fra stupiditet, selv om begge kan lede til ukloke handlinger".

I mine selvopplevelser velger jeg å tro at handlingene ikke har vært fullt bevisste.

Velger jeg å tro at de var fullt bevisste handlinger får det hele et mye mer alvorlig preg, som skulle ha ført til dertil egnede konsekvenser.

Godt jeg er tolerant.

Hvis jeg holder meg til den tidligere nevnte beskrivelse av ordet ignorant: "en person som er i en tilstand av å være uvitende; ofte brukt som en fornærmelse for å beskrive individer som med vilje ignorerer eller ser bort fra viktige informasjoner eller fakta", så er det vel den jeg holder meg til når det gjelder mine egne opplevelser.

Fullt vitende om at jeg kan ha misforstått detaljer rundt mine tolkninger av ignoranse, har jeg i hvert fall ut fra mine forutsetninger rett.

Er du nysgjerrig på hva jeg mener med det, kan du ta en titt på min tidligere refleksjon: "Riktig og Galt".

Ellers må jeg nok tilstå at, selv om jeg ikke har vært meg det bevisst, så kan det godt ha hendt at jeg selv i et knipetak har benyttet denne form for ignoranse.

Det ville ikke forbause meg om det å "uttale seg mot bedre vitende" er betydelig mer utbredt enn jeg har antatt.

***

MINE TANKEVEKKERE OM IGNORANSE

IGNORANSE I

En beskrivelse av ordet er: «Å late som man ikke kjenner til, eller vet noe om det eller det, eller å være likeglad med.»Ellers Intelligente mennesker, kan i spesielle sammenheng opptre med ignoranse. Fullt tilgjengelige informasjoner er til stede når det gjelder alle sider av en sak, og det vites med rimelig sikkerhet at de det gjelder sitter inne med disse informasjonene. Allikevel uttaler de seg «mot bedre vitende».

Okt. 2013

IGNORANSE II

Hvis Ignoranse har noe å gjøre med det å ignorere virker det kanskje litt søkt at det å ignorere visstnok også betyr: «Å nekte å ta hensyn til».
Okt.2013

STRUTSELEKEN

Strutsen er kjent for å stikke hodet i sanden når den værer fare. Den tror derved at den er usynlig og ikke blir lagt merke til. Faktum er at den selvfølgelig er like synlig, mens selvbedraget gjør den trygg. Hvis mennesker som uttaler seg mot bedre vitende er seg dette bevisst, kan resultatet få alvorlige følger.

Okt. 2013

IGNORANSE OG DUMHET

Ignoranse adskiller seg fra Dumhet, selv om begge kan lede til ukloke handlinger.

134

KONSEKVENSER

Mars 2014

Ordet konsekvens i seg selv sier egentlig svært lite. Det kan ses i mange sammenheng og en av dem dreier seg om å ta konsekvenser av sine handlinger.

I min konfirmasjons-tale til mitt barnebarn Nicolas i september 2013 kom jeg inn på dette med konsekvenser og at det for meg er tre stadier av konsekvenser relatert til ens handlinger som teller når det gjelder menneskers utvikling:

Utdrag direkte fra talen den 7.8.2013.

"Først har vi den ubevisste konsekvens.

Det er den som alle barn helt instinktivt benytter i sin utvikling. Hvor langt kan jeg tøye strikken før den ryker, altså før det får konsekvenser.

Du har opp gjennom årene vært en særdeles flittig bruker av metoden Nicolas og det virker til tider som om du går over streken med en klar oppfatning om at det skal bli spennende å se hva som skjer denne gangen.

Denne fremgangsmåten benyttes av alle barn og er sunn, selv om den til tider kan bli en vel stor prøvelse for foreldrene.

Den neste er den bevisste konsekvens.

Alle handlinger får konsekvenser i en eller annen form. Etter hvert lærer du deg imidlertid å forstå hva konsekvensene er av dine handlinger, mens du allikevel ofte lar det stå til. Du lærer sikkert av det, selv om det til tider kan svi, resultere i et blått øye eller det som verre er.

Videre lærer du at konsekvensene ikke alltid er de samme for de samme handlinger og det kan gi nye og overraskende opplevelser.

Dette tar det tid å erfare, noe som igjen kan koste.

Hvis du ikke handler i det hele tatt skulle du tro at du slapp unna, men da blir du hengende etter når det gjelder erfaring og det kan lett forsinke prosessen.

Sånn mitt på stammen må være mitt råd til deg i denne sammenheng.

Den tredje er den styrende konsekvens.

Det er den hvor du før handling, nøye avveier konsekvensene. Handlingen skjer nå ikke uten at du har en ganske klar oppfatning av konsekvensene.

Når du når så langt vurderer du om handlingen er verdt konsekvensene og da er du godt på vei videre i livet".

Man kan lett bli litt forvirret hvis man titter litt mer inngående på hva det egentlig menes med ordet konsekvens.

Ett oppslagsverk fremstiller en konsekvens som en logisk følge av noe forutgående, som enten kan være et faktum som man empirisk eller logisk har funnet frem til, eller en hendelsesmessig årsak til at noe skjer. En hendelse kan godt ha flere forskjellige konsekvenser.

Ta en nærmere titt på denne forklaringen på en konsekvens og se om det gir deg en helt klar forståelse; selv har jeg litt problemer.

Nok om det, Nicolas mente i hvert fall at han hadde forstått betydningen. Kan ikke tenke meg at han festet seg ved det empiriske eller det logiske, ordet konsekvens er bare noe man intuitivt forstår, selv i tidlig alder.

Helt riktig, ordet empirisk stammer fra det greske "empiri", som igjen betyr "erfaringsmessig".

Ikke det at jeg tror du ikke visste det, men jeg slo det for ordens skyld opp. Det med det logiske lar vi passere uten nærmere kommentar.

Når det gjelder Nicolas tror jeg han har en rimelig sterk "empirisk" grunn til å forstå det med konsekvenser.

En av konsekvensene av at man er såkalt stor i kjeften, kan være at man får seg en på "trynet". Ingen grunn til å legge skjul på at dette har skjedd meg noen ganger, men det var tidlig i ungdommen og godt før jeg fikk dette med konsekvenser klarere for meg.

Jo eldre du blir jo mer erfaring og derved bedre rustet blir du til å analysere konsekvensene, men du blir antagelig aldri i stand til helt å unngå dem. Nå er det jo heller ikke slik at du ønsker å unngå alle konsekvenser, det er jo også de gode konsekvensene innimellom, som du gjerne vil oppleve.

Jo da, de gode konsekvensene ligger på lur hele tiden, selv om ordet konsekvens nok mest blir brukt i uheldige sammenheng.

Et eksempel på gode konsekvenser kan være at du har gjort noen en tjeneste som for vedkommende kan ha vært betydningsfull.

Konsekvensen av det er at du får en god følelse og den er ofte mye mer verdt enn andre former for belønning.

Tenker du deg om er det mange handlinger i dagliglivet som kan gi gode konsekvenser, Ikke minst mellom mennesker som står hverandre nær.

Den lille omtenksomheten som ofte ikke koster noe, kan gi uendelig gode konsekvenser. Men, vær på vakt, et utilsiktet ord til feil tid kan ofte være nok og føre til utilsiktede konsekvenser.

Min kone og jeg foretok på slutten av forrige år en handling som skulle få helt andre konsekvenser.

Jeg vokste opp med hunder og hadde, helt frem til jeg giftet meg med min nåværende, alltid minst en engelsk setter. Som en konsekvens av det mener jeg i all beskjedenhet å være i besittelse av en del erfaring med hunder.

Min kone hadde en korthåret dachs i mange år før vi traff hverandre, for vel tjue år siden, så hun er også vant til hva det vil si å ha hund.

Imidlertid, som en konsekvens av at hun overtok den i voksen alder etter at en skilsmisse hadde forhindret de tidligere eiere i fortsatt å beholde den, så var den både stueren og vel-oppdradd, så hun hadde med andre ord ingen erfaring med valper. Det må også for ordens skyld tilføyes at det nå er over tjue år siden jeg hadde min siste engelsksetter.

Uansett, på hennes initiativ, etter i lengre tid å ha snakket om det og veiet for og imot, satte vi senhøstes i fjord i gang en undersøkelse med sikte på anskaffelse av en liten korthåret dachs.

Jeg skal tilføye at hund nummer to i mitt første ekteskap ble et kompromiss, da det ikke var helt enkelt å ha en engelsk setter i en byleilighet, så det ble en strihåret dachs. Tross alt var det en jakthund, selv om den ikke ville bli brukt til det av meg, ettersom jeg bare gikk på fuglejakt i min tid som jeger.

Som en konsekvens av at vi hadde bestilt dachsen, opprant dagen da vi fikk beskjed fra eieren av den lokale dyrebutikken i Vera, vår nærmeste by, at vår korthårede dachs "Duke" som den allerede var navngitt av oppdretteren, var i anmarsj fra Toledo.

Konsekvensen av at vi på det tidspunkt befant oss i Portugal for å spille golf, ble at han tilbød seg å beholde Duke den uken det ville ta før vi var hjemme igjen.

Alt vel og en stor begivenhet var det den dagen vi hentet vårt nye familiemedlem på rundt fire måneder. Fra før hadde eieren av dyrebutikken en fransk bulldogg på vel fire år og når vi møtte de to i butikken var det klart at lille Duke allerede hadde satt seg i respekt. Eieren fortalte at den lille valpen helt fra første dag hadde gjort det klart hvem som skulle først til matfatet. Konsekvensen av Dukes opptreden ble at den franske umiddelbart hadde innfunnet seg med situasjonen.

Samtidig med at vi hentet Duke, kjøpte min kone en rekke nødvendig utstyr, så som transportkasse for reiser med teppe, seng som skulle plassere på vårt lille kontor hvor vi hadde bestemt at den skulle sove, halsbånd, hundebånd og festeanordning for biltransport samt spesielle bleielignende tepper for det flytende og det som i mer fast form er en naturlig del av dagligdagen. Videre både mat, godbiter og tre leker for oppmuntring, både med og uten innebygde pipelyder.

Stemningen var stor og Duke vannet av glede ved hvert eneste forsøk på å løfte den opp; kontakten var umiddelbar.

Bilen hadde vi utstyrt med et fargerikt rutete teppe vi hadde kjøpt i Scotland tidligere og som vi mente det var fint for den å bli vant til i bilen.

Vel hjemme i leiligheten fant Duke seg umiddelbart vel til rette.

Enda et skotsk teppe ble plassert i den ene sofaen, den min kone benytter og hvor vi mente den skulle kunne oppholde seg når vi alle tre var hjemme og den følte trang til litt hvile.

Et par av de bleielignende teppene ble plassert på gulvet mens vårt nye familiemedlem saumfarte hver centimeter av kontor, mellomgang og den åpne kjøkkenavdelingen i stuen, samt denne.

Som en konsekvens av dens korte ben kunne den ikke komme opp i sofaen uten hjelp, så hver gang den forsøkte seg på det ble den løftet opp.

Ikke før den var oppe, så hoppet den ned igjen og forsvant inn på kontoret for umiddelbart å komme tilbake med en av lekene i munnen. Slik gikk det i ett før den totalt utmattet, etter at den forgjeves hadde forsøkt å komme opp på egenhånd, ble løftet opp i sofaen og lagt på teppet. Sekunder senere sov den som et barn til den litt senere var på full fart igjen.

På sine rundturer var den til tider utenfor synsvinkel og som en konsekvens av at vi ikke kunne se den, benyttet den anledningen til å gjøre fra seg. Selvfølgelig var de dertil egnede teppene knusktørre.

Lang historie kort, det gjenstod til sist å legge den i sin seng på kontoret, slukke lyset og lukke døren. Ettersom det var klart at Duke var min kones hund, som vi alle vet kan det kun være en sjef, var det hun som gjennomførte prosedyren. Det store spørsmålet var selvfølgelig hvordan den ville reagere på dette.

Til vår store forbauselse kom det ikke et knyst fra ham før neste morgen godt etter klokken sju. Da var det imidlertid full fart inne på kontoret.

Vi hørte pipelyder og små-klynk, samt klør som krafset på døren. Nå viste det seg at det ikke var døren ut til gangen og friheten den angrep, men skapdøren som skjulte tørrforet.

Vi hadde nøye fulgt instruksene om utmåling av måltidene, men allerede etter et par dager hvor den konstant viste att den var sulten, ble konsekvensen at disse ble lettere oppjustert.

Det samme ritualet gjentok seg hver morgen.

Min kone i tøfler og morgenkåpe med halsbånd og plastpose etter en logrende Duke, i håp om at den skulle gjøre fra seg ute. Det ble dessverre som oftest med håpet og da varte det bare minutter etter at de kom inn igjen før den fornøyd viste oss hvor flink den var, men sjelden skjedde det på de tilsiktede teppene.

Døren inn til vårt bad og soveværelse hadde vi i første omgang bestemt oss for å holde lukket. Alt innenfor hadde vi bestemt skulle være "out off bounds" for Duke.

Etter litt frem og tilbake med bruk av både pekefinger og streng stemme gikk det også greit med at døren var åpen så lenge den kunne se en av oss innenfor, men i det øyeblikk vi gikk fra gangen inn på badet eller soveværelset ble det naturlig nok for mye for den. Sekundet senere var den på vei inn. Konsekvensen av det ble at døren for det meste ble holdt lukket. Det får da også være grenser for hva man kan forvente av en hundevalp.

Den virkelig store konsekvensen i denne sammenheng kom etter fire uker med verdens skjønneste lille hund. Praktisk erfaring og sunn fornuft fortalte oss at vi simpelthen var blitt for "modne" til å ta konsekvensene av alle de utfordringer det ville representere og oppdra et nytt familiemedlem, for så og legge om livsstilen som vi etter femten år har vendt oss til.

Min kone luftet situasjonen med innehaveren av dyrebutikken en dag hun var forbi. Han kunne fortelle at både hans kone og datter hadde blitt svært lei seg når de måtte gi fra seg

Duke etter den uken de hadde hatt den, men hadde av gode grunner ikke gitt uttrykk for det til oss. Han fortalte at de allerede var blitt svært glad i den.

Som en konsekvens av at hun spurte om han kunne tenke seg å overta ansvaret, konsulterte han omgående familien, som umiddelbart og med stor begeistring gledet seg til familie-økningen.

Når jeg sier at alle gledet seg, kan jeg ikke gå god for det franske familiemedlems innstilling, men har senere fått bekreftet at samarbeidet går glimrende.

Den utvilsomt litt triste konsekvens for oss nå, er savnet som allerede har oppstått etter fire uker sammen med Duke.

Den gode konsekvens er at vi kan besøke den når vi vil, og ha gleden av å se at den nå har fått et godt hjem og til og med en hundevenn, dog riktignok en franskmann. Den må helt klar ha lært seg å leve med konsekvensene av å ha fått en lillebror.

La du merke til at det var uvanlig mange konsekvenser i ovenstående? Hvor mange tror du? Helt riktig gjettet, hele femtito ganger er ordet nevnt.

Der kan du bare se, det er nesten ikke den ting som ikke i en eller annen form gir konsekvenser.

Jeg kunne med letthet ha plaget leseren med enda flere, men da ville refleksjonen antagelig fått utilsiktede konsekvenser.

***

MINE TANKEVEKKERE OM KONSEKVENSER

KONSEKVENSER I

Eksempler på tre stadier av Konsekvenser relatert til ens handlinger når det gjelder menneskers utvikling: Den Ubevisste Konsekvens - Den Bevisste Konsekvens - Den styrende Konsekvens.

DEN UBEVISSTE KONSEKVENS

Det er den som alle barn helt instinktivt benytter i sin utvikling. Hvor langt kan jeg tøye strikken før den ryker, altså før det får Konsekvenser.

KONSEKVENSER II

Konsekvensene av å gi noen lillefingeren, kan bli skjebnesvanger hvis man ikke kjenner dem.

Nov. 2019

KONSEKVENSER - UTVIKLING

At barn tøyer strikken så langt at det får konsekvenser, er et ledd i deres Utvikling. Hva er så årsaken til at de, når de blir voksne, stadig fortsetter å tøye strikken; har de aldri lært?

Sept. 2019

KONSENTRASJON OG FOKUSERING

Mars 2013

Konsentrasjon er en egenskap jeg definitivt har for lite av. Hvordan er noen i stand til å hevde dette? Hvordan kan noe med sikkerhet hevde at man besitter en evne til god konsentrasjon, eller for den saks skyld hevde som meg, at denne egenskap har jeg for lite av? Hvordan måles dette?

Konsentrasjon betyr å være så opptatt av noe, at andre faktorer blir tilsidesatt eller simpelthen forsvinner.

Nå må jeg konsentrere meg for å komme videre med denne betraktningen. Jeg må med andre ord konsentrere meg om oppgaven og sette søkelys på den; bli så opptatt av den at andre faktorer blir borte. Hvordan gjør jeg det? Er det som å stirre ned i en trakt hvor man i bunnen plutselig ser det hele klart for seg, Eureka?

Er det sammenheng mellom det å konsentrere og det å fokusere?

Her blir det mange spørsmål, men langt mellom svarene.

Når det er noe man ikke får til der og da, er det lett å sette skylden på manglende konsentrasjon og fokusering.

I sportsverdenen er begrepene konsentrasjon og fokusering vel kjent.

Ingen vinner hvis konsentrasjonen uteblir og man mister evnen til å sette søkelys på oppgaven.

Spesielt fremtredende blir dette i de sportsgrener som trekker ut i tid, men hvor man hele tiden utfører individuelle prestasjons-ytelser.

Golfen er som i mange andre sammenheng nærliggende å benytte som eksempel.

Over rundt fire timer, som en 18 hulls golfrunde helst bør

ta, skal man utføre så få slag som mulig for å få ballen i hullet, alle forskjellig plassert på greenene, med opptil 14 variable køller. Ned mot 60 slag er prisgitt kun de beste i verden, mens rundt 100 + er langt det vanligste.

Hvert slag krever full konsentrasjon og fokusering og den minste forstyrrelser, enten fra spillerens egen side i form av uønskede tanker eller bevegelser, eller andre omliggende påvirkninger, kan lett føre til dramatiske feil.

Uansett sportsgren, det blir ofte evnen til konsentrasjon og fokusering som gjør vinneren.

Jeg har et typisk eksempel på min egen manglende evne, i sportssammenheng, til å utelukke utenforstående forstyrrelser.

Før golfen var jeg i mange år aktiv i leirdueskyting, nærmere bestemt den gren som kalles skeet.

Glemmer aldri episoden hvor jeg under et norgesmesterskap hadde kjempet meg frem til 99 treff av 100 oppnåelige, og står klar til skudd nummer 100.

Det manglet ikke på tilskuere, men ikke en lyd kunne høres.

Et treff ville føre til ny norgesrekord over 100 skudd, så med nervene på høykant gjør jeg meg klar til det siste skuddet.

Samtidig med at jeg roper på leirduen, hører jeg en stemme klart og tydelig: "Nå blir han norgesmester". Skuddet gikk av i samme øyeblikk jeg så skyggen av leirduen, som av en maskin skytes ut fra et tårn ved akustisk signal fra skytteren.

Det var det. Det utrolige var at vedkommende som kom med uttalelsen var den regjerende mester.

Tangering av den gjeldende rekord ble resultatet, og selvfølgelig en stor skuffelse.

Meget sannsynlig at jeg ville ha bommet uansett, men igjen, det er nettopp i øyeblikk som dette at evnen til konsentrasjon og fokusering er avgjørende.

Rent bortsett gull og sølv og bronse fra norgesmesterskap i lagskyting, ble mitt beste resultat 3 plass i det åpne Norske-mesterskap i 1984 med 192 treff. Det ble aldri topplassering i individuelle mesterskap, men helt til de siste 25 skuddene skulle avfyres, lå jeg flere ganger godt an til topplassering.

Evnene var nok der, men min manglende konsentrasjon, fokusering og kontroll over konkurransenervene får ta skylden.

Treningsrundene var til tider helt opp mot det beste internasjonalt på den tiden, med personlig rekord på 197 av 200.

Til orientering gikk normalt skeet konkurranser over to dager den gang i 70 -80 årene, hvor det ble skutt 100 skudd hver dag, så det var nok av venting og distraksjoner.

Jeg har det langt lettere med konsentrasjonen når det gjelder å finne løsninger på forskjellige tekniske utfordringer. Da faller det lett å fortrenge andre forstyrrende faktorer. Men så er man da i seg selv, ikke eksponert som under utøvelser av konkurransesport.

Det hevdes at man kan trene opp konsentrasjonsevnen. Dette er jeg ikke i tvil om, men om det er like lett å få kontroll over konkurransenervene, hvis man ikke har medfødte evner til det, stiller jeg et spørsmål ved.

At noen har bedre kontroll over nervene enn andre synes for meg helt klart og at noen har langt bedre evner enn andre til konsentrasjon og fokusering er jeg heller ikke i tvil om.

***

MINE TANKEVEKKERE OM
KONSENTRASJON OG FOKUSERING

FOKUSERING
Uansett hva som skjer rundt deg - Fokuser på det du står for, naturligvis med ydmykhet, men hold deg til dine prinsipper da du ellers vil drukne.

Juli 2019

FOKUSERING OG VIDSYN
Fokusering på målet er viktigst av alt - mens Vidsyn må til for å holde kontroll underveis.

KONSENTRASJON OG FOKUSERING I
Når det er noe du ikke får til, er det lett å legge skylden på manglende Konsentrasjon og Fokusering.

2013

KONSENTRASJON OG FOKUSERING
At noen har bede kontroll på nervene enn andre er det ingen tvil om. De som i det daglige er avhengig av å være topp utrustet i denne sammenheng vil arbeide med den saken, mens vi andre kan bruke tiden til, for oss, mer viktige oppgaver.

2023

LIVET

2016

Livet - hvem kan beskrive livet?

Livet har forskjellig verdi i de forskjellige kulturer og i noen samfunn er det tilsynelatende slik at livet ikke har noen verdi i det hele tatt.

Vi aner heldigvis lite annet om livet enn at det starter og at det på et uforutsigbart tidspunkt slutter.

Det eneste vi ellers vet om våre liv er at de leves av oss alle i en eller annen form, så lenge vi lever. Antagelig like forskjellig som det er antall mennesker på jorden, eller for den saks skyld ulike fingeravtrykk.

Noen har store ambisjoner i livet, mens andre ikke er seg den egenskapen bevisst.

Vi er alle forskjellige, kommer fra forskjellige miljø og tilhører forskjellige religioner.

Vi lever under forskjellige himmelstrøk, tilhører forskjellige samfunnsformer og utfører forskjellige oppgaver i det samfunn vi tilhører.

Noen mennesker mener de er berettiget til en større del av samfunnsgodene enn andre, og at de fortjener det, mens andre avfinner seg med situasjonen som den er og er tilfreds med det.

Noen må vise styrke for å tilfredsstille selvoppholdelsesdriften, mens andre fredelig avfinner seg med de regler som er strukket opp for det som regnes som riktig og galt.

Andre igjen opptrer som om det er de som står for regelverket.

Vi vil alle gjerne leve, i hvert fall de aller fleste av oss.

Men, når livet er på vei til å ebbe ut, uansett av hvilken grunn, og hvis man fremdeles er seg selv bevisst, er det da ikke noe man savner? Spesielt når man er ung kanskje?

Man har kanskje enda ikke fått det store overblikket.

Er det slik at man noen gang får det store overblikket, og hva består i så tilfelle det store overblikket av?

Jeg velger å tro at selv om man føler og mener at man har funnet svar på hva det store overblikket består av, så vil det alltid være noe man savner, noe man føler ugjort?

Dette temaet er utvilsomt så personlig og meningene så forskjellige at det ikke fører noe sted hen å dvele ved det.

Dessuten er jeg av den oppfatning at man ikke bør tenke for mye på det heller, tiden kommer tidsnok når man får for mange av disse tankene i hodet.

Når det skjer er det antagelig godt, i hvert fall for noen, å kunne tenke tilbake på det livet man har fått leve og på hva man har benyttet det til. For det er jo det som er selve livet.

Får man på noe tidspunkt det store overblikket, og vet man for eksempel hva man savner?

"Hva er livet, et pust i sivet …", av Adam Oehlenschlæger, er vel en vi alle har hørt i forbindelse med livet.

Ellers synes jeg Søren Kirkegaard har en herlig beskrivelse av livet:

"Den dagen du kom til verden gråt du mens dine nærmeste var glade. Lev livet slik at den dagen du dør, da gråter dine nærmeste mens du er glad."

Tenk så enkelt det ville være hvis vi bare sluttet og engste oss.

Samuel Johnson mener med rette at:

"Det er nytteløst å engste seg over livet, man slipper likevel ikke levende fra det".

Jeg vet ikke hvem som var først ute med denne, men for

meg har det gjennom tidene vært en god leveregel at:

"Det finnes ikke problemer i livet, bare utfordringer".

"Lev hver dag som om du skulle dø i morgen" er det noen som sier.

Det uttrykket er etter min mening noe drastisk. Skulle man etterleve den regelen til punkt og prikke, tror jeg at man selv ville gjøre seg skyldig i et kort opphold på moder jord.

Hvis det er slik at de fleste av oss er enige om at livet er en balansegang, noe jeg selv i hvert fall mener, så kan kanskje min egen formulering på en forståelig måte illustrerer dette:

"Livet er som en kontinuerlig surf. Du må holde balansen helt til du når land. Først da er det over".

Etter å ha satt det ovenstående på papiret slår det meg at jeg egentlig hittil bare har nevnt livet i sammenheng med oss mennesker - utrolig egoistisk.

Våre liv ville naturligvis ikke eksistert hvis det bare var oss mennesker som var levende vesener.

Vi er jo bare en form for liv blant millioner.

Jeg tenker ikke da på de liv som kan sammenlignes med det menneskelige liv, men alle de former for liv som skal til for at vi mennesker skal kunne opprettholde livet.

Det blir antagelig for overveldende å ta dette innover seg.

Det er bare å godta at vi i en eller annen form blir skapt, at vi er en liten del av en helhet og at alt liv er avhengig av hverandre.

Jeg synes ellers at den nedenstående "slogan", som benyttes i en spesiell TV kanal for tiden, er en fin tankevekker i denne sammenheng:

"Menneskene er avhengig av naturen for å overleve, men naturen er ikke avhengig av menneskene" og, den som fra naturens side går sånn: "Hvis du ikke tar vare på meg, kan ikke jeg ta vare på deg".

Det vi mennesker dessverre gjør i alt for stor grad, er å utsette naturen for store belastninger.

Riktignok tar vi oss til tider sammen og rydder opp i elendigheten når vi innser at vi har latt utviklingen gå for langt, men det er ikke nok.

Det er kanskje på tide at vi utvider våre tanker om livet fra det egoistiske "oss selv" til seriøst å tenke gjennom hvordan vi, som tross alt er utstyrt med evner til handling, kan sørge for å holde en kontinuerlig balanse i naturen.

Selvfølgelig skal det her tilføyes at det stadig er store grupper av oss som vier seg til oppgaver med å bedre vår relasjon til naturen og godt er det, bare innsatsen ikke blir fanatisk.

Vi må aldri glemme at blir det krig mellom naturen og oss er det ingen tvil om hvem som kommer til å trekke det korteste strået, så utfordringer er det nok av.

I mitt 78nde år har jeg kommet frem til det syn på livet, at vår syklus som individer på jorden helt praktfullt er tilpasset vår utvikling.

Gjennom hele ditt liv gjennomgår du en kontinuerlig utvikling.

Lever du lenge nok opplever du blant annet nye krefter som starter der du en gang startet, og du vet at de som kommer etter deg skal gjennomgå den samme utvikling som deg.

Jeg tror ikke så mye på de som mener at vi kan lære av det andre har tilegnet seg av erfaringer.

I livet må du selv tilegne deg erfaring den tunge veien, ikke ved å ta lærdom av andres.

***

MINE TANKEVEKKERE OM LIVET

LIVET I

Det beste ved Livet er at det er ditt. Det vanskeligste er å erkjenne det, ta initiativ og gjøre noe med det.

Til min datter Anne-Marie på 20 årsdagen

LIVET OG OSS SELV

Det er på tide at vi utvider våre tanker om Livet fra det egoistiske "Oss Selv", til seriøst å tenke gjennom hvordan vi, som tross alt er utstyrt med evner til handling, kan bidra til å holde kontinuerlig balanse i naturen.

2016

LIVET OG VERDI

Livet har forskjellig Verdi i de forskjellige kulturer og i noen samfunn er det tilsynelatende slik at Livet ikke har noen Verdi i det hele tatt.

2016

LIVET SÅ LANGT

Til nå har jeg Levet Livet - og opplevet Livet.

1995

MENINGER

April 2014

Har du ingen mening om noe som helst er du etter min menig ganske fortapt.

Nå er det vel slik at de fleste av oss har meninger om det meste, men det å ha meninger er i seg selv ikke så mye verdt hvis man ikke kan få gitt uttrykk for dem.

Det å ha meninger og å være i stand til å kunne gi uttrykk for dem hvis man ønsker, er i hvert fall i de demokratier jeg kjenner til, et privilegium det er verdt å kjempe for.

Det er en menneskerett som aldri må tas som en selvfølgelighet.

Vi har vel alle sett tragiske eksempler på undertrykket ytringsfrihet.

Ingen debatt fra min side om ytringsfrihet, den burde være en selvfølge i en opplyst verden slik jeg ser det, men er nok dessverre ikke det over alt.

Selv om det med ytringsfriheten er i orden, er det ikke derved sagt at fordi om du har en mening om en sak, at du nødvendigvis alltid må gi uttrykk for den, sette ting på spissen å slåss på barrikadene for den samme.

En annen sak er at det å beholde enkelte meninger for deg selv, er et råd jeg vil gi til deg som har en tendens til å boble over med dem.

Egentlig tror jeg ikke det finnes såkalte normale mennesker som ikke har meninger om noe som helst, alle har nok meninger, det er liksom noe av livets puls.

Derimot er det kanskje lengre mellom de som har såkalt "meningers mot".

Vel, som sagt, du behøver ikke slåss for alle dine meninger, men har du noen såkalte kjepphester, forstått som ting du brenner for, så er det godt å ha meningers mot. Det vil si at du står for dine meninger og kjemper for dem.

Her må du, som i mange andre sammenheng, imidlertid være oppmerksom på utfordringene som følger med det mange av oss forbinder med fanatiske meninger og holdninger; men det er en annen sak.

Fanatismen lar vi i denne sammenheng ligge, den er uhyggelig i seg selv og det har vi sett nok av eksempler på. Den, fanatismen, er dessverre over alt, i alle sosiale, politiske og religiøse fraksjoner og finnes i nesten alle sammenhenger. Det kan heller ikke være tvil om at vi, i uendelige tider eller i hvert fall så lenge det er mennesker som hersker på vår klode, vil stifte ubehagelige bekjentskap med dette ondet, fanatisme.

I de tidlige ungdomsårene er det nok slik at mange ofte er opptatt av å velge det som er riktig, da oppfattet som det de andre mener, av frykt for å bli sett på som en utenforstående. Menneskene er, så vidt jeg vet, å betrakte som "flokkdyr", i denne sammenheng forstått som: å ha som naturlig levevei å holde sammen i grupper, ikke minst for trygghetens skyld.

Etter hvert som du finne deg mer til rette i tilværelsene og blir mer sikker på deg selv, vil det naturlig nok presse seg frem egne meninger om bestemte ting som skiller seg fra de andres.

Dette mener jeg ofte er relatert til de interesser du har, eller tilegner deg, men er ganske sikkert også et resultat av sosiale og kulturelle påvirkninger.

På mange måter er dette bra, nettopp det at vi ikke alle er like er vel det som er med på å krydre våre respektive tilværelser.

Du får noe å forholde deg til når du, eller rettere sagt hvis du er i stand til å se dine egne meninger i relasjon til gjeldende generelle normer.

Mange store personligheter har gjennom tidene hatt bastante meninger om nesten alt, noe som både er rimelig og riktig vil jeg tro, selv om det kanskje ikke alltid viste seg at deres meninger var riktige, og det er vel også slik det må være.

For at det ikke skal bli for nært kan vi ta et eksempel som ligger neste to tusen år tilbake i tid.

Den daværende Roma senator Cato den eldre, sies å ha avsluttet alle sine taler i senatet med den i ettertid så berømte setning, her oversatt til norsk; "Før øvrig mener jeg at Kartago bør ødelegges".

Bakgrunnen for dette skal angivelig ha vært at han mente at byens rikdom var en trussel mot Roma.

Vel, vi får håpe at Cato den yngre, hvis han i det hele tatt eksisterte, tok lærdom av dette gjennom: "Eksempelets makt."

Bastante kollektive meninger, nesten på grensen til det fanatiske, har jeg av egen erfaring basket med uten hell. Det snev av diplomatiske holdninger jeg måtte ha kom umiddelbart til kort, men en meget spesiell erfaring ble det.

Tidspunktet er på slutten av åttitallet og stedet er Cabrera, urbanisasjonen i Syd Spania hvor jeg så vidt hadde kommet i gang med min langsiktige plan om etablering når pensjonsalderen ufravikelig ville inntreffe, hvis jeg ellers kom til å leve så lenge.

Jeg var allerede kommet i meget god kontakt med initiativtageren og utbyggeren av stedet, en meget karismatisk engelsk arkitekt, vel femten år eldre enn meg. Hans navn var Peter Grosscurth.

Urealistiske lover, eller heller manglende oppdaterte sådanne i Spania, var på den tiden så vidt jeg forstod både uklare og tøyelige. Det krev-des stor improvisasjon for å få regnestykket i den sammenheng til å gå opp og det hjalp ikke at tilføyelser og forandringer skjedde kontinuerlig, med eller uten tilbakevirkende kraft.

Nok om det, den samme Peter hadde kontinuerlig utfordringer med de allerede etablerte innbyggerne i urbanisasjonen når det gjaldt hvilke felleskostnader av forskjellig art de måtte være med på å bære, sammen med en rekke praktiske detaljer når det gjaldt selve utbyggingen. Dette innebar i praksis at mange av dem ikke betalte noe som helst.

I formildende omstendigheter for de impliserte skal det nevnes at også språk og kommunikasjonsvanskeligheter, samt forståelse av lovverket, spilte inn.

En dag Peter og jeg satt og snakket om problemet, som for meg syntes helt vanvittig, foreslo jeg at jeg skulle gjøre et objektivt forsøk på å megle i konflikten. Litt erfaring i menneskelige relasjoner mente jeg jo å ha etter ti talls år som leder av en rimelig stor familiebedrift.

Dagen opprant da jeg hadde sammenkalt tretti førti av den protesterende klan til informasjonsmøte. Det var ordnet med litt både å spise og drikke, så stemningen var god helt fra starten. Peter var selvfølgelig ikke til stede, så det var bare meg og alle de andre.

Jeg hadde forberedt meg godt syntes jeg og hadde satt det hele på papiret for at intet skulle bli overlatt til tilfeldighetene.

Alle lyttet oppmerksomt uten noen form for avbrytelser og jeg følte at jeg hadde et rimelig godt grep på situasjonen.

Kan tenke meg at mitt innlegg varte i rundt ti minutter

hvoretter jeg inviterte til en diskusjon rundt argumentene. Spredte spørsmål for forståelsens skyld ble stilt og besvart før jeg oppfordret alle til og respektere de lover som henviste til at alle måtte være med å dekke felleskostnader for at de respektsives investeringer skulle sikres fremtidig verdi.

Etter et kort tidsforløp hvor man i grupper hadde fortsatt diskusjonen, kommer en av dem bort til meg og sier noe sånt som.

"George, jeg snakker på vegne av oss alle. Vi er stort sett enige i din argumentasjon og er for øvrig enige om at du har talt vel for saken, men du kan hilse Peter å si at vi ikke kommer til å betale noe som helst før vi lovmessig blir truet til det".

Hverken før eller senere har jeg hørt maken til felles mening om en sak fra så mange forskjellige typer mennesker.

Det jeg imidlertid ikke visste da men som jeg senere fikk klart for meg, var at disse som for det meste var engelskmenn som tidligere hadde vært stasjonert i forskjellig land rundt i verden, nå hadde slått seg ned her som pensjonister.

Ettersom prisene i Spania allerede på det tidspunkt hadde gjort noen ganske store sprang oppover, hadde deres økonomiske situasjon nådd bristepunktet. Med andre ord skortet det innerst inne kanskje ikke så mye på viljen, men mer på mulighetene og da er det jo viktig og opprettholde prestisjen.

Det endte da også etter hvert med at stadig flere boliger skiftet eiere og hva som skjedde med den hårde kjerne etter hvert vet jeg ikke, men håper i hvert fall at de gjenlevende hvis det fremdeler er noen av dem i live etter rundt tjuefem år, greier seg bra.

Regelverket kom etter hvert på plass, urbanisasjonen ble fullt legalisert og i dag er det hverken misforståtte lover eller myndighetenes ansvar at man fremdeles kives, men det gjør man.

Menneskenes divergerende meninger med bakgrunn i deres forskjellige syn på nesten alt, er nok når alt kommer til alt årsaken til at man stadig har store utfordringer i denne lille oasen. Fraksjoner dannes og motsetninger testes.

Og for deg som tror at dette er et særsyn, altså det med divergerende meninger, er det bare å ta en litt dypere titt, med det for øye å se om ikke også din mening er at dette gjenspeiler seg over alt.

***

MINE TANKEVEKKERE OM
MENINGER

MENING

Du bør tidlig gjøre opp din Mening om du vil gå i graven med et godt ettermæle, eller utnytte alle midler til å sikre deg selv mens du lever. Det er ditt valg.

Mars 2019

MENINGER I

Min Mening er at det kan være en fin tommelfingerregel å holde sine Meninger i trange tøyler og ikke falle i fristelse til å boble over med dem.

Juli 2020

MENINGER II

Det er bra å ha Meninger om det meste - bare man ikke hevder at de er de beste.

Sept. 2019

MENINGER III

Det å ha meninger og å være i stand til å kunne gi uttrykk for dem hvis man ønsker, er i hvert fall i de demokratier jeg kjenner til, et privilegium det er verdt å kjempe for. Det er en menneskerett du aldri må ta som en selvfølge.

2014

BESKYLDNINGER

Mars 2014

Spesielt i den tidlige barne og ungdomsalder, er det med rettferdighet et viktig element i alles liv. Dette fordi det er i denne fasen av livet du først stifter bekjentskap med rettferdigheten, gjerne i form av beskyldninger av forskjellig karakter, både de riktige og de uriktige. Straks oppdragelsen fokuseres på hva som er riktig og galt, og det er noe av det første du konfronteres med, stifter du også bekjentskap med beskyldninger.

De, beskyldningene altså, er en av mange helt naturlige faktorer i vår oppdragelse.

Hvis du er så heldig at du på et tidlig tidspunkt i din utvikling har klare begreper om hva som er riktig og galt er du heldig, men det kan svi ekstra hardt når du for første gang stifter bekjentskap med en gal eller uriktig beskyldning.

Beskyldes du for noe du har gjort og du er klar over at du har gjort det og at det var galt, er det andre betraktninger som automatisk settes i gang. Da kommer vurderingen inn om det er noe du vil innrømme eller ikke.

Bedømmer du konsekvensene store ved en innrømmelse er det vel bare menneskelig, som man ofte ser, at beskyldningene avvises som usanne.

For øvrig er nok løgn noe av det første du lærte deg i livet, det skal jo tidlig testes ut hvor langt strikken kan tøyes og hvilke konsekvenser det får når den ryker.

Kanskje en egen refleksjon om løgnen kunne være på sin plass, men den får komme ved en passende anledning.

Den gale beskyldningen, eller den uriktige, er den som virkelig svir. Den kan selvfølgelig være basert på manglende informasjon som lett kan bringes tilveie og derved være med til å strø sand på misforståelsen. Saken oppklart uten videre konsekvenser, men er den uriktige beskyldningen så ensidig og standhaftig at den ikke enkelt lar seg motbevise, ja da kan det være fare på ferde.

Selv var jeg langt fra den mest eksemplariske skoleelev. Det skrantet med lekselesing og kunne jeg finne på noen rampestreker, og det hadde jeg gode evner til, så gjorde jeg det.

Naturlig nok, sett fra lærernes synspunkt, ble det derfor svært enkelt å laste beskyldninger, også for ting jeg ikke hadde gjort, over på meg.

Ingen alvorlige sådanne som jeg kan huske, men selv de få ganger det skjedde, sved det ekstra.

Rettferdighetssansen er nok for de fleste en sterk sans.

Hvordan kan det ellers være mulig, til og med som man ofte ser i retten, å begå en slik urettferdighet?

Såkalte justismord topper vel listen når det gjelder uriktige beskyldninger.

Ifølge Wikipedia blir betegnelsen justismord benyttet når en person med rettskraftig dom er dømt for noe vedkommende ikke har begått.

Opprinnelig ble betegnelsen brukt når personer feilaktig ble dømt og fikk fullbyrdet dødsstraff, men etter hvert som denne straffemetoden er blitt mindre vanlig eller avskaffet, har betegnelsen fått en utvidet betydning. Det sterke uttrykket "mord" er en illustrasjon av den kriminelle handlingen det er å bidra til eller forårsake et uskyldig menneskes dom og frihetsberøvelse.

Heldigvis skjer justismord ikke så ofte, men tenk hvilken meningsløs og desperat situasjon en person må befinne seg i som har blitt utsatt for en slik situasjon.

Uten å diskriminere franskmenn i sin alminnelighet kan jeg ikke la dette personlig opplevde eksempel på beskyldninger, eller rettere sakt reaksjon på en beskyldning, være unevnt i denne sammenheng.

Min kones nyanskaffede hvitlakkerte Hyundai, modell i 30, stod for anledningen parkert der den alltid står, utenfor vår leilighet, mens vi var bortreist et par uker og hadde tatt min bil til flyplassen.

Vel hjemme igjen og nesten umiddelbart etter at koffertene var i hus ringer det på døren. Vaktmesteren, som også sjekker vår leilighet når vi er borte, meddeler at han bare et par dager etter at vi hadde reist hadde sett naboen, den franske, rygge sin blå-lakkerte bil ut fra parkeringsplassen, også den en Hyundai, men en større modell. Ved et uhell, eller dårlig beregning, hadde han skrapet borti min kones bil og avsatt noen ganske kraftige blå merker i den hvite lakken. Vi hadde allerede når vi parkerte etter ankomst fra flyplassen, lagt merke til at hans bil som før vi reiste hadde hatt en del små-bulker på høyre side nå var nylakkert og uten en skramme.

Han hadde tidligere rygget inn i en av utelysene i innkjørsel og ødelagt denne, men hvordan små-bulkene var oppstått var selvfølgelig ikke noe vi hadde noe med.

Dagen etter tar min kone umiddelbart kontakt med franskmannen og på hennes morsmål, fransk, gjør ham oppmerksom på situasjonen.

Til hennes store forskrekkelse benekter han umiddelbart at han har hatt noe med saken å gjøre og henviser til at hans bil er nylakkert og uten en skramme.

Maken til utrolig frekkhet har jeg sjelden vært vitne til, men så er han da også en utrolig usympatisk variant av den franske arten.

Vår franske nabo leier huset han bor i og jeg betviler at han noen gang kommer til å lese dette, men skulle så skje så håper jeg han vil forstå hvorfor vi totalt neglisjerer ham.

Selvfølgelig kunne vi gått til sak og opplevet uendelig mye frustrasjon, men livet er for kort til det i vår alder.

Dette er en av de tilfeller hvor du strekker armene i været og sier til deg selv at: "Hvor intet er, har selv keiseren tapt sin rett". Jeg tenker ikke her på materielle ting; stakkars mann.

Mennesker av den type føler seg antagelig som vinnere, han sparte jo den utgiften.

***

MINE TANKEVEKKERE OM BESKYLDNINGER

BESKYLDNINGER I

Beskyldes du for noe du har gjort og du er klar over at du har gjort det og at det var galt, kommer vurderingen om det er noe du vil innrømme eller ikke.

2014

BESKYLDNINGER II

Å forsvare at "riktige" beskyldninger avvises må ikke anbefales.

2014

BESKYLDNINGER III

Den uriktige beskyldningen er den som virkelig svir.

2014

BESKYLDNINGER IV

Beskyldninger er en av mange faktorer i vår oppdragelse. Når du konfronteres med hva som er riktig og galt stifter du bekjentskap med beskyldninger.

2014.

DETALJER

2017

"På mange måter er det synd at det er detaljene som teller, for de er som regel kjedelige og tidskrevende å få på plass".

Dette skrev jeg om en gang i 2015. Detaljene er nok kjedelige for mange, men ikke for alle. For meg er det slik at detaljene ofte er kjedelige, men dreier det seg om en detalj som skal til for å løse en utfordring, kan jeg bli helt besatt av å finne eller løse detaljen som skal til, stor eller liten.

Uansett, generelt stå jeg på at det er detaljene som teller, og at de ofte er kjedelige.

Refleksjonen om bagatellen skrev jeg i april 1994, og den starter som følger:

"Jeg er en liten bagatell, et ord en lukt, en smak. Sagt, følt eller sanset, er jeg en avgjørende faktor i sammenhengen. Jeg er av den aller største betydning".

På samme måte må jeg nok si at det ofte er detaljene som teller, og at de er avgjørende.

"Man sier ofte at det er de små ting som teller, der har du meg igjen, bagatellen".

Føler du ikke at bagatellen er noe lite - en stor bagatell lyder på en måte ikke riktig, eller hva?

En av flere beskrivelser av en bagatell er: "Liten og mindre viktig sak". En detalj derimot, kan i hvert fall slik jeg ser det, i tillegg til å være liten, også være stor. Allikevel er det kanskje slik at detaljen oftest blir satt i forbindelse med noe lite: "Det manglet bare den lille detaljen".

Jeg er av den oppfatning at dette er mer talemåter.

En av flere beskrivelser av en detalj er: "enkelhet, del av et hele".

Vel, "enkelhet" har vel ingen ting med størrelse å gjøre, og det har heller ikke "en del av et hele".

Etter dette blir det for meg litt mer dimensjon over detaljene, gjør det ikke det?

En detaljert rapport er så visst ikke en bagatell, like lite som detaljene i et regnskap er det.

Detaljerte beskrivelser av enhver art kan du karakterisere som det stikk motsatte av noe som har med bagatellen å gjøre.

Nei, ser man på eksempler som disse, bør detaljen og bagatellen ikke på noen måte benyttes om hverandre.

Hvorfor i all verden har jeg gitt meg i kast med disse detaljene når jeg nå ser hvilke dimensjoner detaljene kan innta?

Selv lærte jeg detaljenes betydning på en ikke akademisk måte.

Under mitt skoleopphold ved Olivettis fabrikker i Nord Italia som 17-18 åring, skulle jeg utdannes som teknisk instruktør. Det vil si at jeg etter utdannelsen skulle lære opp våre teknikere, eller mekanikere som de het den gang. På slutten av femtiårene var alt teknisk fremdeles mekanisk.

Ikke for å gå for mye ned i detaljene, men hva er forskjellen på en tekniker og en mekaniker?

Ifølge Wikipedia: "Tekniker er en yrkestittel på en person med tekniske arbeidsoppgaver, mens en mekaniker er en håndverker som bruker verktøy til å reparere maskiner."

Da passer det hele litt bedre.

Som blant annet generalagent for Olivetti Kontormaskiner hadde vårt firma Max Manus Kontormaskiner i Norge rundt 40 mekanikere, samt et stort forhandlernett med vel så mange.

Den gang kalte man en spade en spade.

Uten forkleinelse for noen, men i dag har jeg ett inntrykk

av at alle er ingeniører, enten de har utdannelse eller ikke, så i denne sammenheng er antagelig ikke den detaljen så viktige. Jeg referer her til mine erfaringer i Spania, ikke i Norge.

Når det gjaldt å reparere en Olivetti Tetractys 24 regnemaskin med langt over tusen mekaniske deler og med nærmere hundre justeringer på mindre enn en millimeter, ja, da var det detaljene det gikk på.

Bare *en* feiljustering kunne være nok til at maskinen ikke fungerte etter en reparasjon, så derfor førte den lille detaljen til at hele jobben måtte gjøres om.

Før jeg skrev denne refleksjonen, Googlet jeg på Olivetti regnemaskiner. Jeg håpet å finne det eksakte svar på hvor mange mekaniske deler en Tetractys 24 bestod av, men fant det ikke. Uansett, jeg mener i hvert fall at det var langt over tusen. Eksamen for en kvalifisert reparatør av denne maskintyper var at man skulle demontere hele maskinen, slik at hver minste del lå spredd ut på et stort bord. Deretter skulle maskinen monteres opp fra bunnen og alle justeringer utføres.

Som jeg ofte har nevnt på skrift er jeg håpløs når det gjelder data, er ikke delaktig i noen form for sosiale media, og kan knapt nok Google de enkleste ting.

Hva som slår meg når jeg trykker på "enter" etter å ha Googlet Olivetti regnemaskiner, er at det første jeg ser er en presentasjon av min siste bok "70 år i kommunikasjon" - Om firmaene Max Manus fra 1946 til 2016.

Selvfølgelig forstår jeg at det danske forlaget BoD (Bod.dk), som har utgitt boken, driver markedsføring, men at å Google Olivetti regnemaskiner skulle føre til at min bok er det første jeg får presentert, er etter min mening ganske snedig.

Som du forstår fant jeg ikke frem til det eksakte antall deler en Tetractys 24 bestod av, men den detaljen, selv om det dreier seg om langt over tusen, er antagelig ikke det viktigste for dem som har tatt bryet med å lese denne refleksjonen om detaljer.

***

MINE TANKEVEKKERE OM DETALJER

DETALJENE
*På mange måter er det synd at det er Detaljene som teller,
for de er ofte kjedelige og tidkrevende å få på plass.*

DETALJER OG HELHET
*For mange er Detaljene mangfoldige og kjedelige -
mens Helheten fortoner seg som enklere.*

DETALJER I
*Etter min mening er det ikke alltid nødvendig med Detaljert
kunnskap for å ta gode avgjørelser.*

Juli 2023

DETALJER II
*Jeg er av den mening at du godt kan være kunnskapsrik uten
detaljkunnskap.*

Juli 2023

FANATISME

Mai 2014

Selv om du nok har klart for deg hva fanatisme er, starter jeg for sikkerhets skyld med en beskrivelse fra Wikipedia som sier at fanatisme er: "Ekstrem ensporethet. Lidenskapelig hevding av personlige overbevisninger, ofte kombinert med forfølgelse mot annerledes tenkende eller følende". Det er nesten så jeg grøsser når ordet fanatisme leses eller høres, ja selv når jeg bare tenker på det.

Kun i helt spesielle tilfeller kan i hvert fall jeg finne noe positivt i forbindelse med fanatisme og da dreier det seg om personlig fanatisme, eksempelvis at du er fanatisk opptatt av noe spesielt som ikke representerer fare for noen. Den fanatismen er nok i de fleste tilfeller helt ufarlig.

Vi ser daglige eksempler på personlig fanatisme som ikke er farlig. Grensegangen er klar for de fleste, men slett ikke for alle, og det er antagelig det som gjør fanatismen så farlig.

Det jeg finner litt merkelig er at en engelsk beskrivelse av fanatisme går mer i retning av det ovenfor nevnte, altså den personlige og ufarlige.

Oversatt til norsk lyden den noe slikt som: "Fanatisme er en tro eller oppførsel som involverer ukritisk iver eller overdrevet entusiasme når det gjelder tidsfordriv eller hobby".

Ja hadde det bare vært den vinklingen på fanatismen så hadde mye sikkert sett annerledes ut.

Mange har gjennom tidene gitt seg i kast med å analysere fanatikeren, han eller hun som står for den. Når det skjer dreier det seg helst om det de fleste av oss oppfatter som den farlige fanatismen.

Det hersker visst stort sett enighet om at disse fanatikerne

170

som sådan selv ikke er onde i ordets egentlige betydning. De, fanatikerne, er bare fanatisk overbevist om at de meninger de representerer er de eneste riktige.

Det er aldri snakk om kompromisser sett fra en fanatikers synspunkt, så tanken om å benytte diplomati for å løse en konflikt hvor fanatikeren er i sving, kan umiddelbart legges på hyllen.

Den største faren ligger i fanatikerens evne til å påvirke andre svake eller skakkjørte lett påvirkelige sjeler, og det ser vi daglig eksempler på.

Vel, jeg er selvfølgelig ikke kompetent til å tilføye noe som helst når det gjelder fanatismen, men er på den annen side opptatt av at vi på en eller annen måte må dette ondet til livs, altså den farlige siden. Vel, man må nok være realistisk, det å tro at vi kan bli kvitt den farlige fanatismen, er nok å legge listen altfor høyt.

Skal vi prøve på det må vi nok benytte andre midler, i hvert fall hvis vi tenker på en langsiktig løsning.

Ja, tenk om noen fant et fornuftig svar på den utfordringen.

På mange områder er det helt legitimt å henvise til statistikker. Selvfølgelig er det noe med at vi ikke alltid kan stole på statistikkene, men det kommer ikke av at de som er opptatt av det ikke er i stand til å samle det riktige materialet, men at det manipuleres med materialet for at statistikken skal gi et ønsket resultat.

Uansett, det må sikkert finnes en statistikk som viser den prosentvise del av befolkningen som er fanatiske i henhold til definisjonen. Jeg er ikke i tvil om det, men tror allikevel at man er svært tilbakeholdende med å offentliggjøre denne. Antagelig mener noen at det kunne få samfunnsmessige konsekvenser

Er den prosentvise del av befolkningen som er fanatisk i henhold til definisjonen, den farlige hvis den kan isoleres, større eller mindre enn fem prosent, eller er den over ti prosent?

Ville det at vi fikk vite disse prosentenes størrelse i det hele tatt ha noen betydning for oss andre i det daglige?

Personlig er jeg av den oppfatning at det er langt flere fanatikere blant oss enn vi tror, ja, jeg går så langt som til å melde meg som en mulig kandidat, med henvisning til den foran nevnte engelske tolkning, den jeg mener er ufarlig.

Hvordan kan jeg mene det? Jo, det er ting i det daglige som jeg kan bli fanatisk opptatt av, uten at jeg ønsker og røpe hva det dreier seg om. Dette fordi det ikke dreier seg om en konstant tilstand og fordi jeg vet at denne formen for fanatisme er en helt ufarlig gren, i hvert fall for andre.

Om den kan være farlig for meg selv, ja derom tier historien.

Det jeg med andre ord prøver å hevde, er at fanatismen som sådan nødvendigvis ikke er farlig. Det er kun når den anvendes på feil måte, slik de fleste av oss ser det, at den blir farlig.

Den farlige fanatikeren er som regel en god lytter som velger sine medier med omhu. Tillit skapes og solide bånd knyttes. Mediene er som regel enkle og lett påvirkelige mennesker, og opptrer derfor lett i rollen som utøvere av den ondskap som overføres gjennom relasjonen.

I denne rollen er fanatikeren livsfarlig.

Holder vi oss til denne sist beskrevne, den farlige fanatikeren, håper og tror jeg nok at en ærlig statistikk ville verifisere at det kun er en brøkdel av en prosent av befolkningen som tilhører kategorien, i hvert fall i vår del av verden, og godt er det hvis antagelsen er riktig.

Selv om det er lite hver enkelt av oss kan bidra med for å avsløre disse mulige "bombetruslerne", er det viktig at vi har vår innstilling og holdning klar, så vi og våre likesinnede ikke blir gjenstand for uventede bakholdsangrep.

***

MINE TANKEVEKKERE OM
FANATISME

FANATISME OG MENINGER

Det hersker visst stort sett enighet om at Fanatikerne som sådan, selv ikke er onde i ordets egentlige betydning. De, Fanatikerne, er bare Fanatisk overbevist om at de Meninger de representerer er de eneste riktige.

Mai 2014

FANATIKERENS MEDIER

Den farlige Fanatikeren er som regel en god lytter, som velger sine Medier med omhu. Tillit skapes og solide bånd knyttes. Mediene er som regel enkle og lett påvirkelige mennesker, og opptrer derfor i rollen som utøvere av den ondskap som overføres gjennom relasjonen.

Mai 2014

FANATISME I

Det er aldri snakk om kompromisser sett fra Fanatikerens synspunkt, så tanken om å benytte diplomati for å løse en konflikt hvor Fanatikeren er i sving, må umiddelbart legges på hyllen.

2014

FANATISME II

Det er antagelig lite hver enkelt av oss kan bidra med for å avsløre disse mulige «bombetruslerne», men det er viktig at vi har vår innstilling og holdning klar, så vi og våre likesinnede ikke blir gjenstand for uventede bakholdsangrep.

2014

SMILET

Mai 1994

Smilet varmer. Det føles alltid som en lettelse når smilet kommer frem, enten det er deg selv som smiler, eller det er andre.

Nå er det slik at enkelte mennesker ser ut til å smile bestandig. Det er ikke den form for smil jeg tenker på, den form for smil som liksom synes å ligge på et helt folkeferd, som eksempelvis der borte i Østen.

Nei, det er det smilet som du ser til daglig hos mennesker du omgås, jeg tenker på. Det smilet som du selv kanskje i langt større grad enn du gjør, burde ta frem.

Smilet varmer, gir på en måte følelsen av trygghet.

Det er vanskelig å få kontakt med mennesker som ikke smiler. Det er slett ikke sikkert at de undertrykker smilet med vilje, de er kanskje bare sånn, forstår ikke smilets betydning. I så tilfelle er det synd på dem.

Smilekurs, er det en tilfeldighet at de kalles det?

Der er vi igjen inne på det smilet som kanskje allikevel ikke er så naturlig.

Millioner på millioner brukes av bedrifter og organisasjoner for å fremstille seg selv på en mer positiv måte. Dette er sikkert positivt i seg selv og kanskje det til og med er motiverende for de ansatte. Det er heller ikke det smilet jeg tenker på.

Smilet er så personlig, at føler du den minste usikkerhet når det gjelder ektheten slår det negativt ut; du må være trygg på at smilet er ekte.

Det være seg fra det litt overbærende smilet vi alle kjenner, til det som strekker seg fra øre til øre - spillerommet er uendelig stort.

Jeg har aldri før tenkt på hvordan smilet ville være uten øynene, men nå er det jo ikke øynene det dreier seg om, i denne refleksjonen er det smilet.

Er vi så vant til samspillet mellom øyne og smil at det ville være vanskelig å lese uttrykkene uten det samspillet, altså med smilet alene?

Det må jeg tenke videre på.

Kanskje det når alt kommer til alt er urettferdig å bare trekke frem smilet og dette alene?

"Kan smilet stå alene, være nok i seg selv?".

Smil og verden smiler til deg heter det.

Det må være mange mennesker som ikke ønsker at verden skal smile til seg.

***

MINE TANKEVEKKERE OM
SMILET

SMILET
Smilet er som sand på isen, du går tryggere.

SMILET OG USIKKERHET
Smilet er personlig. Føler du Usikkerhet med ektheten, slår det negativt ut. Du må være trygg på at Smilet er ekte.

SMILET II
«Smil og verden smiler til deg», heter det. Det må være ganske mange som ikke ønsker at verden skal smile til seg.

Mai 1994

SMILET III
Smilet varmer, gir på en måte følelsen av trygghet. Det er vanskelig å få kontakt med mennesker som ikke smiler. Det er slett ikke sikkert at de undertrykker smilet med vilje, de er kanskje bare sånn, forstår ikke smilets betydning. I så tilfelle er det synd på dem.

Mai 1994

TANKER

Oktober 1995

Er de bare der, eller er det noe vi gjør for å få dem frem?

Min erfaring er at det er vanskelig å holde orden på dem og det har kanskje noe med konsentrasjonen å gjøre.

Tankene farer forbi som i et eneste flimmer. Når jeg sier det, så er det fordi jeg føler at det er et markert samspill mellom tankene og det synsbildet jeg har på netthinnen.

Har aldri spurt andre om de har det på samme måten.

Det er et under at tankene til tider ikke koker over, men hvor skulle de i så tilfelle gjøre av seg?

Likevel føler jeg det til tider som om tankene er som damp i en trykkoker. Spesielt når det gjelder slike tanker som jeg lenge har gått og ruget på. Ut skal de i en eller annen form og ut kommer de som regel.

Kan for eksempel et raseriutbrudd være selve sikkerhetsventilen for oppsamling av aggressive tanker?

Er du helt avslappet og bare lar tankene flyte, hvilke tanker er det da som får prioritet og hvilket sinnrikt system er det som prioriterer?

Er det her underbevisstheten kommer inn? Er den bare et annet lager for tanker?

Er det slik at hvis du ikke bevisst fortrenger spesielle tanker, så vil du stort sett sitte igjen med en jevn fordeling av de forskjellige typer?

Det er unektelig hyggeligere å mane frem de gode tankene enn å baske med en overvekt av de vonde. Det siste kan lett bli en stor belastning hvis det går over tid.

Spørsmålet er bare om det er så lett å styre dette?

Her tror jeg det er viktig at du selv er i rimelig god balanse og at du på en måte har en plattform å stå på, som ikke er for glatt og som gir deg rimelig godt feste for føttene.

Tanken er tollfri, heter det. Det er viktig å feste seg ved det. Det er et privilegium du har som menneske, dette at du kan ha tankene for deg selv.

Ingen kommer noen gang til å få vite hva du tenker på, hvis du ønsker å holde det for deg selv.

Det å dele tanker med andre kan være godt.

Hvor ofte sier du ikke: "Tenk på den gang ... " Her henviser du til tanker om et eller annet, som det forutsettes at den du henvender deg til også har vært med på, eller hørt om.

Når du er utsatt for at noen leser dine tanker, eller at du selv føler at du kan lese andres tanker, så er vel det mer tilfeldig, eller det fremkommer som et resultat av at du er nær knyttet til vedkommende og derved er vant til å lese vedkommendes kroppsspråk.

Kommer i forbindelse med tanker til å tenke på hvor godt jeg har det akkurat nå. Ligger her og slapper av etter et varmt bad og lar tankene få fritt spillerom.

***

MINE TANKEVEKKERE OM TANKER

TANKER I

Det er hyggeligere å mane frem de gode Tankene enn å bakse med de vonde. Det siste kan bli en belastning hvis det går over tid.

1995

TANKER II

Når du tumler med Tanker er de normalt både gode og vonde. La Tankene flyte fritt når det skjer, blokkeringer kan skape oversvømmelse.

Mai 2019

TANKER III

"Tanken er tollfri" heter det. Heldigvis, da jeg ellers ville være en fattig mann.

April 2019

TANKER OG DAMP

Tanker kan være som Damp i en trykkoker. Ut skal de i en eller annen form og ut kommer de.

Okt. 1995

TIDEN

April 1994

Det skal jeg gjøre når jeg blir pensjonist, sier mange, jeg får bedre tid når jeg blir pensjonist.

Sludder, gjør det nå, sier jeg.

Selvsagt er det en umulighet. Det er jo først når du blir pensjonist at du får anledning til å gjøre det du ønsker å gjøre nå, er det ikke det?

Det er sjelden eller aldri at denne utsettelsen har med økonomien å gjøre - alltid med tiden.

Tiden - den fjerde dimensjon, kanskje menneskets viktigste begrep.

Utnytter du tiden, eller kanskje rettere, hvordan utnytter du tiden?

Vi måler det meste i hva vi får gjort og hva vi ikke får gjort. Uansett - vi gir tiden skylden hvis vi er misfornøyde, det er alltid tiden som får skylden - som om den kan noe for at vi ikke organiserer oss bedre.

Uansett prioritering er det alltid noe vi ikke får gjort, noe vi gjerne skulle ha gjort - tiden igjen.

Vi sier at vi ikke har tid til det ene og ikke det andre. Spørsmål om prioritering har forskjellig mening for alle.

Stakkars tiden, får den noen gang dårlig samvittighet?

Mitt syn på tiden er at jeg ser den i relasjon til evigheten, selvfølgelig bare ideelt sett - er nok svært realistisk med hensyn til mitt eget fysiske liv på denne jord, men liker allikevel å se tiden i et "evighetsperspektiv".

Er det noe med at ting lever videre? I så tilfelle, på hvilken måte og gjennom hva eller hvem er egentlig ikke av så stor betydning. Det viktigste for meg er troen på at ting lever videre.

Historien beviser at ting lever videre - mener vel egentlig ikke ting, de forgår, men tiden? Historien eksisterer ikke uten tiden.

Er det noe som er evigvarende så må det være tiden og bare den som er det.

Alt reguleres etter tiden. Absolutt alt - kan ikke finne en eneste ting som ikke i en eller annen form er relatert til tiden.

Tiden vi ble født på blir av astrologer avgjørende og bestemmende for både hvordan vi er og hvordan vi vil utvikle oss - her er det ikke bare snakk om dagen, nei både timen og minuttet er i denne sammenheng av største betydning.

Tiden er avgjørende.

Det var før i tiden at man hadde god tid.

Var det kanskje mindre viktig å nå alt mulig den gang, eller hadde man bedre tid bare fordi eksempelvis rutetabellene ikke var så utviklet som i dag?

Er det mulighetene som skaper tidsjaget?

Med alle de alternativer som finnes til alt mulig, ligger det liksom i dagens natur at vi skal nå mye.

Eller er det tidsjaget som skaper mulighetene?

Hva kom først, tidsjaget eller mulighetene? Antagelig en balansert utvikling.

Styrer vi tiden, eller styrer den oss?

Det kjempes på tusendels sekunder - uten tid ingen vinnere og hvis ingen vinnere heller ingen tapere?

Betyr det at vi kan gi tiden skylden for at vi har tapere? Noen bør alltid ha skylden, alt blir så mye lettere da.

Det sies at "Timing" er en viktig faktor i alt. Det betyr at tidsaspektet skal være riktig.

Uansett all verdens analyser, riktig "timing" kan ikke beregnes.

Historien gjentar seg heter det - riktig eller galt, ikke vet jeg, men det blir etter min mening aldri en gjentagelse, nettopp på grunn av tidsforskjellen.

Når gjentagelsen skjer på forskjellig tid, kan det ikke være det samme som gjentas - det er jeg glad for.

Ellers er det godt at man ikke vet for mye om fremtiden.

Tiden må være verdens største oppfinnelse.

***

MINE TANKEVEKKERE OM TIDEN

TIDEN MÅ TA SKYLDEN
Vi måler det meste i det vi får gjort og det vi ikke får gjort.
Uansett, vi legger Skylden på Tiden når vi er misfornøyde.
Det er alltid Tiden som får Skylden, som om den er ansvarlig for at
vi ikke makter å organisere oss bedre.
2015

TIDEN II
Er det noe som er evigvarende så må det være Tiden og bare den.
2018

TIDEN III
Det konkurreres i millisekunder - uten Tid ingen vinnere, og hvis
ingen vinnere heller ingen tapere?
April 1994

TIDEN I
Det er ikke så viktig hva klokken er - det viktigste er at Tiden går.

NYSGJERRIGHET

Mars 2013

"Undrer meg på hva jeg får å se, over de høye fjelle?". Hvem som skrev dette husker jeg ikke helt sikkert, men mener det var Bjørnstjerne Bjørnson. Etter min mening symboliseres her nysgjerrigheten. "Øyet møter nok bare sne". Antagelse, intet sikkert, hva annet, nysgjerrighet. Hva så med om det var Bjørnson eller en annen som skrev teksten, er jeg ikke nysgjerrig på det?

Egentlig ikke, har antagelig ikke kapasitet til å være nysgjerrig på alt, det ville bli alt for tidskrevende.

Det må prioriteres.

Måtte for denne refleksjonens skyld allikevel sjekke, og jo da, riktig nok, det var ham.

"Rundt omkring står det bare tre, ville så gjerne over; - tro når jeg reisen vover?"

Man skulle etter dette tro at alle har noen områder som man er nysgjerrig på.

Hvis det er noe riktig i dette så er vi alle nysgjerrige. Men for de fleste av oss dreier det seg vel da om den nysgjerrigheten som tilhører de områder vi føler sterkt for, eller som vi er spesielt interessert i. Med andre ord er det ikke et spørsmål om du er nysgjerrig eller ikke, du er ganske sikkert nysgjerrige i større eller mindre grad.

Betyr dette at hvis du ikke har evnen til å stille spørsmål, hvis du er likegyldig til å finne svar på spørsmål du selv har, eller om du ikke har spørsmål i det hele tatt, ja, så mangler du nysgjerrighet?

Antagelig ja, men igjen, de fleste finner sikkert innen sine interesseområder forskjellige måter å vise sin nysgjerrighet på og derved få svar på sine spørsmål.

Sikkert ikke noe galt med det, vi skal jo så visst ikke alle være like.

For min egen del er nysgjerrighet likestilt med det å være, det å leve.

Jeg ser det som en av drivkreftene, det som får deg til å sette en fot foran den andre i dagliglivet. Nysgjerrighet er drivkraft til fremdrift.

Glem den nysgjerrigheten som går på å stikke nesen sin i andres saker, den kommer det sjelden noe godt ut av og det du eventuelt kan lære av det kan du godt være foruten.

Det er den nysgjerrigheten som starter med "hvorfor?", som etter min mening er den viktige.

Igjen, stiller du ikke spørsmål forblir du ensporet, du stopper opp og kommer ikke videre? Det er godt at jeg er kommet til at vi alle har grader av nysgjerrighet.

I november 1994 skrev jeg refleksjonen "Hvorfor?".

Når jeg der refererte til hendelser under min skoletid i Italia som 17-18 åring, var jeg nok ikke meg selv så bevisst som senere i livet. Derfor stilte jeg spørsmål om, sitat: "Hva kommer det av at vi svært ofte stiller spørsmålet, Hvorfor? Er det fordi vi er nysgjerrige, eller fordi vi er uvitende?".

Jeg la en helt annen vinkling på "hvorfor?" den gangen enn senere, men kanskje det allikevel var med på å bevisstgjøre den betydning jeg legger i dette ordet nå.

Vinklingen den gang gikk mer på språk og kommunikasjon enn på den generelle betydning av nysgjerrighet som drivkraft for fremdrift.

Kan man være nysgjerrig på nysgjerrigheten, eller blir dette smør på flesk? Ender du i så tilfelle i en uendelig sirkel?

Er du nysgjerrig på ett eller annet, uten å ha funnet svaret, kan du selvfølgelig anta et svar og så fornye nysgjerrigheten på det grunnlag.

Jeg har alltid hatt sans for tekniske utfordringer og har i all beskjedenhet funnet løsninger på flere slike. Som du ser kaller jeg dem tekniske utfordringer, ikke tekniske problemer, og disse løsningene har ført til både patenter og produksjon av produkter.

Betegnelsen problemer er negativ, mens utfordringer trigger til løsninger.

Dette sidesporet er en helt annen sak, men jeg er overbevist om at alle som har vært i nærheten av å drive produktutvikling vil være enig med meg i at skal man på noen måte finne tilfredsstillelse i dette, må man være nysgjerrig og da med den ovenfor nevnte vinklingen på "hvorfor?".

Nysgjerrighet er en vesentlig drivkraft til all fremdrift.

Jeg er nysgjerrig på om noen i det hele tatt har fått noe fornuftig ut av dette, men er allikevel ikke så interessert at jeg vil stille spørsmål om det.

Det kunne jo ende med at jeg dermed får meg en smekk over fingrene som vil redusere min nysgjerrighet og som man har forstått vil jeg nødig miste den.

MINE TANKEVEKKERE OM NYSGJERRIGHET

NYSGJERRIGHET
Nysgjerrighet er drivkraften i all fremdrift.

2013

NYSGJERRIGHET PÅ LIVET
Du kan godt være Nysgjerrig på Livet og samtidig ha en natur som er spikret til jorden.

2017

NYSGJERRIG OG LIKEGLAD
Nysgjerrighet er døråpneren for enhver utvikling - mens Likeglad-het gir grobunn for stagnasjon.

NYSGJERRIG
For min egen del er nysgjerrigheten likestilt med det å være, det å leve.

2013

SKYLDFØLELSE

April 2013

Skyldfølelse; det får meg til å grøsse bare jeg tenker på ordet. Ikke det at jeg tror jeg har noen grunn til å ha skyldfølelse, men ingen tvil, jeg er av en eller annen grunn en av disse som det lyser skyldfølelse av. Dette altså, selv om jeg i hvert fall etter egen oppfattelse ikke har grunn til å ha det.

Kanskje det har noe med oppveksten å gjøre. Ingen tvil om at jeg nok ofte gikk over streken i ungdommen.

Det var sjelden alvorlige overtredelser, men det var noe med at det var mye som skulle prøves. Det er viktig å finne ut hvor grensene går, for det er jo ikke slik at foreldrenes ja eller nei alltid er nok som ledesnor.

Er du født med fantasi og innlevelse, så følger det gjerne konsekvenser med.

Min stefar Max hadde en klar oppfatning av hvor grensene gikk; alt som han mente var mer alvorlige overtredelser ble utmålt i antall slag med hundepisken, så greit var det.

I mange sammenheng sikkert en grei måte å ordne opp på, men etter dagens norm visstnok langt fra den riktigste. Vi må ikke glemme at dette var for mer enn seksti år siden og mye var annerledes den gangen.

Nok om det, jeg tror at jeg på den tiden så straffen som fortjent når jeg hadde gått over streken, at det var prisen man måtte betale. Hvis ikke hadde man vel prøvd å gjøre alvor av den eneste utvei man kunne se, nemlig å rømme hjemmefra; som om det ville ha løst utfordringene.

Tror nok ikke egentlig at min mor var helt på bølgelengde med avstraffelsene, men med en meget dominerende mann valgte hun nok husfreden.

Jeg registrerte i hvert fall aldri at det kom til argumentasjon dem imellom i den sammenheng.

Trusselen om å bli sendt til forbedringsanstalten på Bastøy i Oslofjorden vinket også ofte i bakgrunnen, men ble vel egentlig aldri fra min side sett på som en mulig realitet.

Det var, mente jeg den gang, å skyte spurv med kanoner. Det ble da heller ingen opphold for meg på Bastøy.

Skyldfølelse har vi antagelig alle i en eller annen form. Du behøver bare å se deg rundt blant dine egne. Om skyldfølelsen så er berettiget, ja det er det vel antagelig bare den respektive som kan uttale seg om.

Når jeg før nevnte at skyldfølelse kanskje har noe med oppveksten å gjøre, så er det muligens allikevel helt feil.

Min yngre halvsøster Mette, som aldri gjorde noe galt den gang hun var liten, har utvilsom i hele sitt voksne liv hatt en utfordring med sin skyldfølelse. Kan det kanskje være noe som ligger i genene og ikke i oppveksten?

For min del ble den bevisste skyldfølelsen først registrert på skolen.

Ingen grunn til å legge skjul på at jeg var en såkalt uromaker i klassen, men det ble så vidt jeg husker aldri rapportert at noe av det jeg gjorde var ondt ment.

Merkelig å registrere, men mitt yngste barnebarn Nicolas som i år er femten, har de siste årene visstnok slitt med den samme utfordringen på skolen. Jeg forstår at det er liten tvil om at han også er et uroelement i klassen.

Men så kommer poenget slik jeg husker det fra mine dager. Ingen vanskelighet med å se realitetene i øynene, at det var mye berettiget i irettesettelsene man fikk, men hva så med den andre siden av medaljen; nemlig den at jeg som en konsekvens av ovenstående, automatisk, til tider ble beskyldt for ting jeg ikke hadde gjort eller vært med på.

Det ble en vanskelig pille å svelge når jeg ellers synes jeg hadde fått nok for mine klare overtramp. Dette ble registrert som dypt urettferdig og vanskelig å forholde seg til.

Så stiller jeg meg spørsmålet: er det en klar sammenheng mellom urettferdighet og skyldfølelse? Kan ikke helt finne ut av dette, men har en sterk følelse av at jeg her rører ved noe essensielt.

Det forhindrer antagelig ikke at jeg en gang når det passer, kan ta tak i urettferdigheten som et separat tema for en refleksjon, det er jo et enormt område i seg selv når man tenker på all urettferdighet i verden.

Uansett, min skyldfølelse er heldigvis blitt lang mindre ettersom årene har gått.

På et tidspunkt kunne jeg ikke stille opp i en tollkontroll uten at jeg mer eller mindre automatisk ble kalt til siden for nærmere sjekk. Tollerne hadde et eget blikk for meg, nesten som om jeg var en gjenganger for dem. Kan aldri huske at jeg noen gang ble tatt for å ha medbrakt noe jeg ikke skulle, eller at "kvoten" var overskredet.

Ingen må ta meg for å være skinnhellig i denne sammenheng, men nettopp det at jeg på lang avstand lyste av dårlig samvittighet, noe jeg ikke bevisst hadde, var i hvert fall en klar medvirkende årsak til at jeg aldri hadde noe med som gikk over de tillatte grensene. Dette gjelder like mye i dag som den gang.

Jeg nevnte den eventuelle sammenheng mellom urettferdighet og skyldfølelse, men nå dukker plutselig samvittigheten frem.

Samvittigheten har jeg jo allerede laget en refleksjon om. I den er det noe om å fortrenge den dårlige samvittigheten og så få frem den fine varme følelsen av den gode.

Samvittighet hører nok også med i denne sammenheng, for det er vel intet som heter å ha en dårlig eller en god skyldfølelse?

Etter dette blir nok spørsmålet utvidet til: er det en sammenheng mellom urettferdighet, samvittighet og skyldfølelse?

Det er på tide å hoppe av dette sporet før jeg går helt i spinn, hittil har det vært komplisert nok.

Som du kanskje vil ha lagt merke til har det hittil, bortsett fra innslaget om min halvsøster, kun dreid seg om mitt eget forhold til skyldfølelsen. Grunnen til det må vel være at det er så godt som umulig å beskrive andres skyldfølelse, den er jo helt privat.

MINE TANKEVEKKERE OM SKYLDFØLELSE

SKYLDFØLELSE I

Vi har alle Skyldfølelse i en eller annen form.
Om den er berettiget eller ikke, kan kun den respektive uttale seg om.

Mai 2019

SKYLDFØLELSE II

Ingen kan beskrive andres Skyldfølelse.
Mai 2019

SKYLD

Hvordan ville verden sett ut hvis vi ikke hadde noen å Skylde på?
Okt. 2019

SKYLD OG USKYLD

Følelsen av Skyld er tung å bære - mens tyngden av Uskyld er lett som en fjær.